兒童成長故事注音本

大將軍和小泥鰍

劉健屏　朱偉傑　著

中華教育

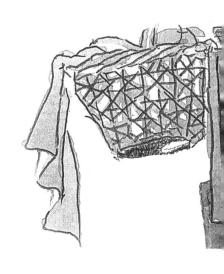

目　錄

1. 糟！阿獅闖禍啦

「咚鏘、咚鏘、咚咚鏘、鏘……」

小泥鰍哼着鑼鼓經，雙手握住一桿魚叉，像戲裏的武將出場一樣，威風凜凜，一路向湖邊殺去。

捲毛狗阿獅，臨時充當了一匹「日行千里夜八百」的寶駒，在他的兩腿中間蹭來蹭去、躥上跳下地撒歡。

「單槍趙子龍來也！」小泥鰍來到一棵大槐樹前，對着這個想像中的敵人大喝一聲，「還不快快下馬投降！」

大槐樹愛理不理地搖着頭，發出沙沙沙的笑聲，好像在說：哈……誰不知道，你叫小泥鰍！

這還了得！

「看槍！」小泥鰍右手一揚，魚叉「唰——」地飛了出去，不偏不倚，扎進了敵人的「胸膛」。等了一會兒，他拔下魚叉，神氣活現地責問大槐樹：「哼！你還敢看不起我小泥鰍！」

「啪、啪、啪……」

突然，青陽湖上傳來了一陣清脆的響聲。

阿獅立刻忘掉了「千里馬」的高貴身份，恢復本相，對着湖面汪汪地叫起來。

小泥鰍扭頭一望，只見一艘小橡皮艇拖着銀白的浪花，像一支箭似的正向湖心射去。喲，艇上坐着三個人呢。那個穿海魂衫的，一定是大鬍子王叔叔。

啊哈！小泥鰍看着飛快遠去的橡皮艇，高興得差點兒叫起來。叔叔、伯伯們都出湖去了，這不是一個難得的好機會嗎？！他再也沒心思當那「趙子龍」了，帶着阿獅，悄悄地向槐樹林後面的一座帳篷溜去……

幾天前，省城藥物研究所的幾位叔叔、伯伯，駕着小橡

皮艇開進了這一望無邊的青陽湖，在青陽漁村外支起了一頂帳篷。聽說，他們是專門研究蛇藥的；還聽說，他們的帳篷裏，養着各種各樣的蛇，有幾種連這兒的白鬍子老頭兒也沒見過哩！要是能親眼看一看有多好！唉，可是，那位大鬍子王叔叔就是不讓小孩子進去。小泥鰍和幾個小夥伴幾次在他們的帳篷外轉悠，可都被那大鬍子王叔叔攔住了。王叔叔還說，以後有時間，會讓孩子們參觀的。以後？以後要等到甚麼時候？難道得等到頭髮白了才去參觀嗎？小泥鰍早就憋不住了——你說，現在帳篷裏沒有人，他能放過這「偵察偵察」的好機會嗎？！想想吧，要是他能把「偵察」到的「情報」向小夥伴們一公佈，嘿，誰會不佩服小泥鰍！就連號稱「常勝大將軍」的常月半也會豎起大拇指……哈哈！別提多美了！

真巧！路上一個人影也沒遇見。

小泥鰍慢慢地挨近了帳篷，抬頭一看，只見門簾上貼着一張紙條：

閒人莫入！！！

那三個又粗又大的感歎號，就像三根大柵欄一樣擋住了去路；不，簡直就像三顆手榴彈懸在那裏，誰走近它就會立即爆炸似的。

小泥鰍不由得停住了腳步。

怎麼辦？乖乖地回家做暑假作業？不！連一張小紙條都對付不了，小泥鰍還叫小泥鰍嗎？

有了！小泥鰍一拍大腿，飛快地跑到湖邊，伸手掏了一把爛泥，又返身回到門簾前，手一揚，「唰——啪——」泥巴不偏不歪，正好打中了「莫」字。「閒人莫入」一下子變成了「閒人×入」了，連那三個感歎號也像變了形，既不像大柵欄，也不像手榴彈，歪歪扭扭的倒像三根皺巴巴的老油條。

面對自己了不起的「傑作」，小泥鰍忍不住笑出聲來：哈哈，要是有人問我為甚麼進去，就不愁找不到回答的詞兒了——門上明明寫着，閒人可以進去嘛！

小泥鰍剛要挑開門簾，忽然想到，要是有條甚麼大蛇突然躥上來咬人，那不就糟了？小泥鰍的膽子說大不大，說小

不小，螃蟹他敢抓，黃鱔他敢捉，就是怕蛇。想想吧，蛇的嘴巴張得那麼大，血紅的舌頭一伸一伸的，真是要多可怕有多怕！

難道就這樣老老實實地待在門外？才不呢！要是讓夥伴們知道了，準會刮着臉皮嘲笑小泥鰍是「膽小鬼」。「膽小鬼」這名聲可並不比成績單上掛滿「紅燈籠」來得體面。

小泥鰍終究是小泥鰍，眼珠一轉就有了辦法。他想到了他忠實的朋友——捲毛狗阿獅。

「咻！咻！」

小泥鰍輕輕撩開一角門簾，派阿獅先到裏面去偵探一下。阿獅可比小泥鰍膽子大，牠點點頭，搖搖尾巴，「嗖」地鑽了進去。

聽了一會兒，沒有特別的響聲，小泥鰍這才小心翼翼地跨進了門。瞧他那輕手輕腳的樣子，彷彿工兵在探地雷。

噢！帳篷裏還挺寬敞哩！靠近門的地方，一橫兩豎，放着三張帆布牀，牀頭疊着好多厚厚的書本，那大概是當枕頭用的。

咦，那磚頭搭成的「牀頭櫃」上是兩瓶甚麼藥水？還貼着標籤呢。小泥鰍拿起瓶子端詳起來。哎呀，一隻瓶裏泡着一條兩頭蛇！牠沒有尾巴，前後生了兩個頭！另外一隻瓶裏，裝的竟是雙頭蛇！看，牠的兩個頭並排生在一起，就像一個「丫」字！

世界上竟有這樣的怪蛇！小泥鰍連做夢也沒想到過。他恨不得立刻把「常勝大將軍」叫來，恨不得立刻把所有的小夥伴們都叫來，讓他們看看自己這個驚人的發現。

不！還是忍着點，等會兒再向他們宣佈。噯，到那時候，自己不必添油加醬，只要輕聲細氣地把這些蛇的模樣描繪出來，就足夠使他們驚得目瞪口呆了！

噢喲！那邊鐵絲籠子裏都裝着活蛇！小泥鰍驚叫一聲，一步一步慢慢向前走去。

哎喲喲，世界上的蛇大約全都集中到帳篷裏來了——長的、短的、粗的、細的、黃的、綠的、黑的、花的……真是要甚麼有甚麼，要多怪有多怪！看，鐵籠子上，都標着蛇的名稱

呢，甚麼金環蛇、銀環蛇、黑眉錦蛇、竹葉青、烙鐵頭⋯⋯小泥鰍的眼睛都看花了。他從來沒有這樣驚喜過，興奮得簡直想在這帳篷裏連豁三百六十個虎跳！

捲毛狗阿獅和牠的小主人一樣，從來沒見過這花花綠綠的怪玩藝兒。牠快活地甩動着尾巴，這兒聞聞，那兒嗅嗅，甚至想把鼻尖伸進鐵絲籠裏面，去吻那些關在籠裏的囚犯。

「呼——」

一條油亮烏黑的眼鏡蛇被激怒了。牠昂起頭，脖子變得又粗又扁，隔着鐵絲籠，向阿獅發動了突然襲擊。阿獅被嚇了一跳，「汪」地一聲向後邊逃竄。

阿獅的身子猛地撞在另一疊鐵絲籠子上，最高的那隻籠子骨碌碌滾下來，翻倒在地上。

可怕的事情瞬息發生了！一條三尺多長的大蛇，從打開了的籠口裏鑽了出來。

小泥鰍的臉頓時嚇得像一張白紙，心也一下子沉到了冰窖裏。

那條大蛇探着頭，吐着紅舌頭，扭動着長長的身子，朝小泥鰍的腳下遊了過來。

「媽呀！」小泥鰍用手蒙住眼睛，腿不由自主地索索顫抖着。

完了，甚麼都完了，等着挨咬吧！

「汪汪汪……」阿獅的狂吠聲，使小泥鰍從半昏迷的狀態中驚醒過來了。他睜開眼睛一看，阿獅不見了，大蛇也不見了。這是怎麼回事呢？他舒了口氣，感到太僥倖了。

小泥鰍慌忙走出帳篷，只見阿獅對着湖面汪汪地吼叫。

平靜的湖面上，一道細細的波浪，推着一個小小的黑點，漸漸地遠去，遠去……

糟！阿獅闖了大禍，讓一條大蛇給逃跑了！

小泥鰍一下子跌坐在沙灘上。

2. 苦惱

要是細細算起來，小泥鰍長到現在，已經整整十一年十個月了。過去，他從來不知道甚麼叫「擔心事」，更不知道甚麼叫「苦惱」。今天，可嚐到了這個滋味。那條逃跑的大蛇的影子，像惡魔一樣緊緊地纏着他的心，使他透不過氣來。

小泥鰍忐忑不安，拖着沉重的腳步回到了家。他一直躲在房裏，不敢見人，想做作業也沒心思。他只是望着作業本上「潘小秋」三個字發呆。

唉！潘小秋呀潘小秋，如今你可怎麼辦哪？

吃中飯的時候，他才扒了幾口，就嚥不下去了，連最愛吃的鯽魚湯，也沒喝一點。

妹妹潘小春可高興了——嘻嘻，哥哥你不要吃，我吃！

往日燒了魚湯，小泥鰍總要說：「我比你大兩歲半，就該多喝兩口半湯。」一張嘴，就喝得碗底朝天。有時，奶奶不得不採取「平均分配」的政策，才保護了小春的利益。今天好！小泥鰍「自動放棄」，小春就一個人吃。她吃得津津有味，大眼瞇成一條縫，嘴巴脹鼓鼓的，活像一個大魚鰾！

奶奶可犯愁了。她伸出又粗又大的手掌，摸着她孫子的額頭：「該不是生病了吧？小秋，你為啥不吃呀？」

小泥鰍推開奶奶的手，不耐煩地說：

「我沒病！吃不下就不吃嘛。」

「唉！真是小孩話。」奶奶一邊收拾碗筷，一邊嚅動着有點漏風的嘴，自管自地說，「都十幾歲了，還是吃飯不知飢飽，睡覺不知顛倒，生病不知醫療！等會自個兒到醫生那兒去要幾顆藥片吃吃。唉！放了暑假反而不好，倒鬧出病來了。下午好好歇着，別滿湖灘亂闖了。奶奶晚上給你們做肉饅頭吃……」

真不知哪來這麼多囉嗦話！小泥鰍捂住耳朵，往房裏一鑽。

阿獅也沒吃飯。牠跟着小泥鰍進了房，繞着他轉圈，末了還站立起來，咬住小泥鰍的小褂子，嘴裏「嗚嗚，嗚嗚」地響，好像說：「我餓，我餓……」小泥鰍沒好氣地甩開牠。阿獅「汪」的一聲尖叫，夾着尾巴溜走了。

奶奶收拾完畢，又嘮叨了二十分鐘，甚麼「你爸爸媽媽在外頭管魚苗塘，回來得少，全靠自己當心」，甚麼「人是鐵，飯是鋼，一頓不吃餓得慌」，等等，等等，她的話簡直跟蠶寶寶吐絲一樣，沒完沒了。直到她的幾個「老姊妹」前來邀她一起到湖灘邊去織漁網，她這才閉上嘴，拿起竹梭出了門。

小泥鰍一頭倒在牀上，甚麼也不看，甚麼也不想。

這時，金桂來了。她滿臉通紅，額上淌着汗珠，還沒跨進院門就尖聲叫喊：

「潘小秋潘小秋好消息好消息！」

她說話快得都忘了在中間加上標點符號。

「甚麼好消息？」小泥鰍不以為然地側過頭，看了金桂一

眼，懶得從牀上坐起來。

金桂隔着窗戶，胸脯一起一伏，嘴裏像架了一挺機關槍：

「李老師和研究所的王叔叔聯繫好了。全體同學馬上到湖邊帳篷前集合，聽王叔叔介紹蛇類知識，還要參觀各種各樣的活蛇和標本，可精彩哩！快去快去快去吧！我還要去通知阿毛小猴他們呢……」

小泥鰍一驚。但他還沒來得及再問一聲，金桂已經一道煙似的飛了。

妹妹小春像兔子似的往外直竄：

「金桂姐，我也去……」

嗒……腳步聲遠去了，消失了。

院子裏的老榆樹在驕陽下「沙沙」舞動着，知了為了趕走寂寞，「呀呀」地唱着歌。小泥鰍心情更加煩躁了。

去還是不去呢？小泥鰍拿不定主意。

但他的兩條腿，還是不由自主地向門外移動了。

一路上，小泥鰍覺得腦袋瓜裏像有幾個小人在吵架——

一個說：「不能去！王叔叔問起逃蛇的事怎麼辦？」

一個說：「怕甚麼？上午的事情有誰知道？」

一個又說：「犯了錯誤裝正經，你就不臉紅？」

是呀！小泥鰍可不是那種說謊話的壞孩子啊！

小泥鰍停住了步子，靠在村前的大槐樹上，再也沒有勇氣往前走了。

像有百爪在搔心，小泥鰍難受極了。

「嘩——」

一陣熱烈的掌聲駕着湖面上吹來的輕風，飛進了小泥鰍的耳朵。

透過槐樹林子，小泥鰍遠遠地看到了帳篷前的熱鬧場面。

大鬍子王叔叔背向着青陽湖，他一邊點頭一邊揮手，就像一個站在藍色屏幕前的演員。李老師、常月半、金桂等小夥伴們團團圍坐在他的前面，一股勁地鼓掌；阿毛、小猴站在後排，還拼命地蹦跳呢！咦！連奶奶和幾個「老姊妹」也在一旁看熱鬧哩！

瞧他們多快活！可就是自己不能走過去！小泥鰍難過得閉上了眼睛，思想亂得像一團麻。

要是時間能倒回過去，該有多好！要是自己剛才安安分分地待在家裏做作業，不到湖灘邊去玩，該有多好！要是看見王叔叔駕艇出湖，自己腦子裏不要冒出到帳篷裏去「偵察偵察」的餿主意，該有多好！要是那「閒人莫入」後面的三個感歎號，真是三根大柵欄，或是三顆手榴彈，該有多好！要是早知道今天下午就要聽王叔叔介紹，該有多好！那麼，早晨說甚麼也不會溜到帳篷裏去了；那麼逃蛇的事也不會發生了；那麼，現在自己就可以和夥伴們一樣，高高興興地坐在那兒了⋯⋯

可是，事情已經發生了，後悔已經來不及了！

要是自己像魔術師一樣，會變出一條蛇來，該有多好！要是逃蛇自己會回來，該有多好！那麼，就是讓自己學一百聲狗叫，再爬上十圈，也心甘情願！

可是，這怎麼可能呢？

小泥鰍想起了兩年前的幾件事。有一次，他彈麻雀打碎了

教室裏的一塊玻璃，省下幾天零用錢，賠給學校，受到了老師的表揚。還有一次，他捉蟋蟀踩壞了學校裏的果樹苗，就把家裏的那棵栽過去，一點兒麻煩也沒有。

但是，這一次大不相同了！這一次，偏偏逃走了一條蛇，一條三尺長的大蛇，一條不知叫甚麼名稱的大蛇！有甚麼辦法去賠呢？光口頭上去承認一下「錯誤」能行嗎？

「啊——」

「這麼大！」

「好險哪！」

「哎喲！」

「……」

一陣陣驚叫聲從帳篷前傳過來。

小泥鰍看見小夥伴們驚慌地站起身來，紛紛往後退。他忍不住踮起腳尖遠遠地張望着。

不得了！王叔叔右手拿着一條蛇！哎喲！那條蛇盤在他的脖子上了！快！快拿下來！小泥鰍遠遠地為王叔叔捏着一把汗。

哎呀！視線給人遮住了，看不見了！那是阿毛胖胖的身子，小泥鰍恨自己的手不能變得很長很長，把阿毛的身子撥開。一忽兒，又被擋住了——這是小猴的腦袋，這傢伙真像隻猴子，腦袋又晃又搖的，他恨不能扯住他的耳朵，把他的腦袋拉開……

小泥鰍急得直跺腳，恨得直咬牙，他多麼想衝過去，鑽進人堆，去看個痛快啊！可是，他只能遠遠地躲在一邊乾着急，不能走上前去！不能！

隨便甚麼人都可以想像得到，在這個時候，我們小泥鰍的心裏，是一種甚麼味道。

小泥鰍覺得孤單極了，他再也待不下去了。他鼻子裏酸溜溜的，一轉身，向家裏跑去。

他一屁股坐在屋門前的老榆樹下，捂住臉嗚嗚地哭了。

好傷心啊！淚珠兒就像斷了線的珍珠，一顆一顆從他的手指縫裏往下掉，止都止不住……

3. 榆樹上飛下大將軍

小泥鰍坐在榆樹下落淚，可愛的捲毛狗阿獅來了。

剛才被甩開，阿獅並不記恨。牠的尾巴甩得像一把扇子，討好地舔着小主人的手和腳，嘴裏還「呼嚕嚕，呼嚕嚕」地唸經，好像也知道小泥鰍的心事，勸他別難過似的。這還不算，牠又抬起那毛茸茸、熱烘烘的鼻子，想去親小泥鰍的臉蛋。

真是不知好歹的傢伙！小泥鰍一瞧見阿獅的鼻子，氣就來了。

千怪萬怪，就怪你阿獅闖了禍！就怪你這個臭鼻子，到處亂聞，聞出了大亂子！

不懲罰你一下，你就永遠改不了這個壞習慣！

於是，小泥鰍將屋門前的一盆涼水朝阿獅潑了過去，嚇了牠一跳。

阿獅出娘胎以來第一次受到這樣的「虐待」。牠像小貓一樣大的時候，就在小泥鰍家裏落了戶，那時還正吃奶呢。小泥鰍把牠當成心肝寶貝，每天四五次用湯勺餵牠喝薄粥。天冷了，寧願把自己焐腳的鹽水瓶烘牠。天熱了，還為牠打扇子。小泥鰍只要有肉吃，總要分一點給牠。這一次，阿獅不明白自己究竟犯了甚麼彌天大罪，小主人不但不給牠飯吃，還要這樣加以懲罰！牠委屈得汪汪亂叫。

「撲——」一隻棕色的塑料涼鞋不知從甚麼地方飛來，掉進水盆。水花濺得小泥鰍一頭一臉。

小泥鰍擦擦臉上的水珠，往四下看。奇怪，四處空蕩蕩的，一個人影也沒有。

「撲——」又一隻涼鞋飛進水盆。

「哈……」

隨着一串笑聲，小泥鰍頭頂上的榆樹枝忽然彎得像一張

大弓，接着便彈下了一個身穿背心的男孩，真像天兵天將下凡一樣。

阿獅豎起前腳，高興地撲到了牠的「救星」的身上。牠圍着他轉了三圈，猛地打個噴嚏，又搖晃着腦袋，兩隻耳朵甩得叭叭響，把水珠都抖到了那男孩厚厚的肉腳板上。

「常月半！」小泥鰍驚呼起來。

常月半捋了捋板刷頭，兩道濃眉往上一揚：

「甚麼常月半？大將軍！常勝大將軍！」說着，他從水盆裏撈出涼鞋，坐在小泥鰍邊上，往腳上套。

趁這位「常勝大將軍」穿鞋的當兒，我們簡單地介紹一下他吧。

大將軍比小泥鰍大一歲，也是漁民子弟小學四年一班的學生。要是說小泥鰍長得瘦小、靈活，就像一條真正的「泥鰍」；那麼，大將軍就像「胖花鰱」一樣，胖頭胖腦，肉墩墩的。他的眼睛是圓圓的，耳朵是圓圓的，鼻子尖有點兒往上翹，看上去也是圓圓的。

他媽媽在十二年前的六月十五生下了他。他那在窰廠當工人的爸爸圖省事，給起了個「月半」的大名。為這個名字，大將軍從懂事起，就一直感到委屈。甚麼月半月初的？這哪兒像個男子漢大丈夫的名字？真是太沒氣派了！去年，當常月半蟬聯三屆校運會「手榴彈冠軍」之後，他鄭重其事地當眾宣告：從今起，他改名了，他姓常，取單名叫「勝」，全稱「常勝大將軍」。一來二去，小夥伴們都叫他「大將軍」，連姓名也給抹掉了。大將軍當然也挺樂意。

常勝大將軍其實並不「常勝」，他也有失敗的時候。不過，他有一個怪脾氣，就是不服輸，一件事做開了頭，就非一直做到底不可。

比如，大將軍並不喜歡打乒乓，有一次為着好玩，和同學小猴來了幾下。小猴發的球又轉又刁，讓大將軍一連接飛了十八個。小猴就嘲笑他是「吃球專家」。這下可惹火了他。大將軍一下狠心，把所有的課外時間都撲在練乒乓球上，有時一個人練發球練得連晚飯都忘了吃。不出三個月，小猴就被

「殺」得一敗塗地，再也不敢逞能了。後來，在班級比賽中，大將軍居然獲得了第一名，小夥伴們沒有一個不佩服他。

在所有的小夥伴中，大將軍和小泥鰍最要好。他倆都是出名的戲迷、電影迷。只要聽說哪兒演戲、放電影，不管路多遠，他倆總是結伴去看。有的同學看完戲或者電影之後，喜歡學壞人。就說那個小猴吧，老是學甚麼「小爐匠」「一隻鼎」「爛眼皮」。他倆可不，他們都喜歡學好人，學英雄豪傑。比如「五虎大將趙子龍」啦，「偵察英雄楊子榮」啦，還有「神通廣大的孫悟空」啦，這些都是他們心目中最佩服的人——就憑着這個共同的愛好，兩人成了全班最「合得攏」的同學。

現在，這對老朋友又在老榆樹下見面了。

「聽小春說，你生病啦？」

「唔⋯⋯」

「哎呀，太可惜了！」大將軍咂着嘴，晃着腦袋說。

「唔⋯⋯」小泥鰍不想說話，含糊着。

大將軍忽地站起來，又說：

「太精彩了！我敢打賭，我活到這一把年紀，今天最過癮！」

小泥鰍抹了一下眼睛。

「那條黑油油的眼鏡蛇多厲害！伸長了扁脖子，戴着一副『黑眼鏡』，直想咬人。」大將軍有聲有色地講着，把手臂當成了蛇身子，「就這樣 —— 呼，呼，嘴裏還冒毒氣。」

小泥鰍把臉偏到一邊。

「甚麼？你還不信！」大將軍有點不服氣，「這不是我一個人看見的。千真萬確的事實！」

大將軍今天真是太激動了，話也多了起來，就像個小演說家似的：

「我敢打賭！我活到這一把年紀，最佩服的是大鬍子王叔叔。多厲害的蛇，到了他的手裏，就變得像一根麵條！」

「王叔叔甚麼都不怕，甚麼都知道。他告訴我們，我國的蛇有好幾百種，光有名的毒蛇就有十種！」大將軍一邊數指頭一邊說，「有眼鏡王蛇，眼鏡蛇，有金環蛇，銀環蛇 —— 這兩種蛇看上去可漂亮哩！嗯？還有五步蛇，讓牠咬了，走五步

就得死。還有，甚麼蝰蛇，蝮蛇，烙鐵頭蛇，海蛇。九種了，

嗯？還有一種叫甚麼來着，哦，對了！叫『竹葉青』，像竹葉的

顏色一樣，青青的，很漂亮，也很毒，這種蛇在我們江南的竹

林裏也有，咬了人，頂多半個鐘點就不行了……」

聽！大將軍講得一套一套的，簡直是個研究蛇的專家了。

小泥鰍的「損失」太大了。原以為，自己上午悄悄地到

帳篷裏去「偵察」後，把「情報」說給小夥伴們聽，準會使他

們驚得目瞪口呆，羨慕得眼紅心癢；現在倒好，目瞪口呆、眼

紅心癢的不是他們，而換了自己！小泥鰍覺得心裏有一股又苦

又酸的水往上鑽。有兩滴鑽到眼縫裏，變成了淚珠；有兩滴

卻走錯了道，從鼻孔裏鑽了出來。小泥鰍用手背抹了一下，擦

在褲腰上。

粗心的大將軍沒有注意到小泥鰍這些微小的變化。他真像

個專家一樣，熱情地傳授他自己剛剛學到的一點兒知識——

他有責任為他最要好的朋友「補課」：

「毒蛇咬了人，也不要緊。用繩子紮住傷口的上方，不

讓有毒液的血流回心臟。還有，嗯？如果你含一口酒，把蛇毒吸出來，再吃蛇藥也就不礙事了——唉，你要是自己去聽聽有多好啊，真可惜，生病不是個時候！」

唉！誰真的生病啊？小泥鰍有苦說不出來。

大將軍突然想起了甚麼，說：

「真可惜！王叔叔說，今天早晨逃走了一條蛇，叫大王蛇！」

小泥鰍一驚：

「大王蛇？！」

「你怎麼啦？」大將軍說，「是叫大王蛇。王叔叔說，牠的頭上可以見到『大王』兩個字，像老虎頭上有個『王』字一樣。這種蛇可夠厲害的啦，牠敢把毒蛇整個兒吞下去。可惜，這種蛇沒有能親眼看見。一定是哪個調皮蛋幹的蠢事，連門簾上的標語都塗了泥巴！」

聽大將軍這樣說，小泥鰍的臉一下紅得像隻大番茄。當着他的好朋友，他再也忍不住了，嗚嗚地哭了，肩膀抽動着。

大將軍慌了，不知道啥地方得罪了他：

「你，你怎麼啦？」

「嗚⋯⋯大王蛇，我⋯⋯逃走了。」

「甚麼，是你？」

大將軍的眼睛一下子瞪得像雞蛋大。甚麼都明白了，原來是自己的好朋友闖的禍！

小泥鰍哭得更傷心了：

「我⋯⋯嗚⋯⋯」

哭啥哩！男子漢大丈夫還興哭鼻子？唉！這個禍闖得也真不小！大將軍皺着眉頭，真像個將軍似的背着手，踱來踱去。他比小泥鰍還着急呢！

突然，一個偉大的計劃在大將軍的腦海裏跳了出來。有了！有了！大將軍的圓臉笑得更圓了。他拉下小泥鰍擦淚的雙手：

「別哭，別哭，有辦法啦！」

小泥鰍疑惑地抬起頭。

「別難過！我們把大王蛇捉回來，這不就完事啦？！」

這不是開玩笑嗎？把大王蛇捉回來，這麼容易？小泥鰍不相信自己的耳朵。

「愁個啥？有我呢！」大將軍拍着厚實的胸脯，「一定能把大王蛇抓回來。」

小泥鰍對大將軍是信賴的，他的淚眼中露出了希望。

4. 戰前準備

當絢麗的晚霞給青陽湖披上了一層金燦燦的輕紗的時候，整個漁村就分外熱鬧、繁忙起來了！

載着「金山」「銀山」的漁船返航歸來了。

長着疙瘩肉的小伙子「嘿唷嘿唷」地抬着魚筐，往拖拉機上裝。

聽！哪個姑娘唱起了動聽的漁歌。歌聲像蜜一樣甜，甜得叫人心醉。

孩子們差不多全到湖灘邊來了——

阿毛和小胖光着上身，在湖裏嬉水，攪起了一朵朵銀白的水花。

小猴哧溜一下，爬上了大船的桅杆，嘴裏喊叫着《林海雪原》裏土匪的黑話：「帶溜子 —— 」

金桂憋得滿臉通紅，彎着腰幫她爺爺在艙裏撈魚。

小春的臉像綻開的芙蓉，抱住一條十幾斤重的金鯉魚，吧嗒、吧嗒跟着大人奔跑。

歡樂的孩子們誰也沒有注意到，今天的湖灘邊缺少了兩位重要角色 —— 大將軍和小泥鰍。

剛才，他倆躲在青石灘上維修的船肚下制訂了半天的「軍事計劃」—— 帶些甚麼東西，甚麼時候出發，到甚麼地方去，等等，等等。現在，他倆都在家裏忙乎着，都在進行緊張

的「戰前準備」呢！

大將軍把魚叉磨得鋥鋥亮 —— 遇到毒蛇可以刺死牠。之後，又開始動手修理黃鱔夾子 —— 這可以用來活捉大王蛇，他外公以前就用它夾過蛇。他還準備了魚簍 —— 可以盛蛇用。別看大將軍長得胖墩墩，有點傻乎乎的，人可挺聰明，肚子裏的點子並不比小泥鰍少，所以平時玩起「官兵捉強盜」來，小夥伴們都願意當他手下的小兵。

小泥鰍另有算盤。他這會兒像貓一樣圍着奶奶的腳跟轉，一會兒遞上一根燒火柴，一會兒又遞上一桶井水。

奶奶一邊揭開鍋蓋吹着鍋子裏冒出來的蒸氣，一邊說：

「小秋，奶奶一個人忙得了。你中飯吃得少，身體不好，一旁去歇着吧！」

小泥鰍說：

「不用歇，出出汗倒好！你熱了，我為你打扇。你的罩衣要不要脫掉呀？要不要再拎點水來？柴還要不要？」

奶奶張着缺了牙的嘴笑了。她既感到高興，又有點奇

怪：今天西邊出太陽了，頑皮的孫子變乖了！奶奶怎麼也猜不到，小泥鰍正在「用計」，想偷走她衣兜裏的鑰匙呢！

原來，小泥鰍在動着家裏的一雙高筒靴的腦筋。他覺得捉蛇不穿一雙高筒靴，好像總有點危險——蛇總是咬腳的，有了高筒靴，就安全多了。但家裏只有一雙高筒靴，而且又鎖在半人高的大木箱裏，鑰匙由奶奶親自掌管着。不先拿到鑰匙，就別想拿到靴子。

可是，奶奶有個習慣，隔一會就要伸手到兜裏摸一摸那串鑰匙，害得小泥鰍白費心思，瞎忙了半天，還是沒找到任何「下手」的機會。唉！看樣子，只好等到晚上，等奶奶睡着之後再想辦法了——他知道，奶奶總是將鑰匙放在枕頭下的。

開晚飯了。奶奶把兩個雪白的饅頭往小泥鰍面前一放：

「好好吃吧，別餓壞了。」

真餓啦！小泥鰍拿起饅頭就是一大口。剛要咬第二口，他忽然想到軍事計劃中「帶一些乾點心」的那一條，連忙閉住了嘴。

可是，奶奶把饅頭做得太好吃了，又鬆又軟，包着肉餡，香味直往鼻子裏鑽。他忍不住又咬了一口，暗暗對自己說：決不再吃了。為了表示自己的「堅決」，他把饅頭放在一邊，眼光向前看。

可是，就在這時，他偏偏又看到了小春正鼓着嘴巴嚼饅頭的那副津津有味的樣子，他饞得直嚥口水，實在熬不住，又咬了第三口……

就這樣，一隻饅頭很快被吃完了。另一隻饅頭留下來也派不上甚麼大用場啦，乾脆一起吃掉算了。

當他把最後一小撮饅頭屑送進嘴裏的時候，他又後悔起來了。唉！幾天前，李老師在成績單上還寫着：「該生最大的弱點是意志不夠堅強，遇事拿不定主意……」這不，老毛病又犯啦，連自己的饞嘴都管不住，竟把「軍糧」吃掉了。唉！算啦，算啦，再想辦法吧。現在要開始喝開水了，這可不能拿不定主意了。

喝開水——這也是他們原定的「軍事計劃」中的一項。

他們說好，明天早晨四點半就起牀出發，而且小泥鰍還有個重要任務，得去叫醒大將軍。因為大將軍這傢伙是個「睡覺大王」，要是沒人叫，一覺能睡到早晨十點鐘。大將軍說好，他用根繩子一頭拴住自己的腿，一頭拴在窗欞上，讓小泥鰍到時候去拉，一拉準醒。小泥鰍想，要是自己醒不來豈不誤了大事！雖然家裏有鬧鐘，但鬧鐘一鬧會把奶奶和妹妹一起鬧醒的。當然這個小問題難不倒小泥鰍，他想到了一個好主意：喝開水！

此刻，小泥鰍倒了一大碗涼開水，「咕嘟咕嘟」全喝下肚去，喝得滿頭大汗。

這不行，汗出光了，等於白喝。小泥鰍又倒了一大碗，仰起頭，全倒下了肚子。

唔，可能還不保險。小泥鰍又倒了一碗涼開水，伸直脖子，直往下灌。只灌了半碗，實在喝不下了，可他還在一口一口地「堅持」。

奶奶在一旁直拍大腿：

「傻小子！今晚上你就光撒尿，別睡啦！」

小泥鰍暗暗好笑，心裏說：我就是怕睡過頭才喝水的。半夜裏，讓尿給一憋，不醒才怪呢 —— 這辦法一百個靈光。

靈！真靈光！半夜裏，小泥鰍真的給尿憋醒了。抬眼瞧瞧窗外，天空烏藍烏藍的，老榆樹在明亮的月光裏，就像開着滿樹銀花。

小泥鰍臉貼近小鬧鐘一看，才十一點一刻。離天亮早着呢！他想到奶奶的枕頭下「偷」鑰匙，但又不敢 —— 奶奶天天夜裏織網，睡得遲，說不定還醒着呢。

小泥鰍決定再喝一碗水，「咣」的一聲，不留心碰響了杯子。

「誰呀？」蚊帳裏傳來奶奶的問話。

小泥鰍暗暗慶幸自己沒有「冒險」，一邊回答着，一邊往自己的小牀上鑽：

「我，我喝點水。」

「今天你怎麼啦？」奶奶翻了個身，「都快把青陽湖喝乾了⋯⋯」

小泥鰍沒再回答，假裝打響了鼾聲。當他第三次醒來的時候，正好是三點鐘。

奶奶這時候一定睡熟啦！小泥鰍躡手躡腳地向奶奶的牀頭摸去。側耳細聽，帳子裏響着輕微的呼吸聲。他屏住氣，撩開帳角，一隻手伸到了枕頭底下，摸着了一串鑰匙。

「傻小子！」奶奶突然一個翻身。

小泥鰍的心「咚」的一聲，幾乎跳到喉嚨口，連呼吸也好像突然停住了，一隻手像觸電一樣往回縮。

奶奶並沒有起牀，咕嚕了幾句，又響起了均勻的呼吸聲。

白白地嚇了一大跳，原來奶奶她在說夢話呢。小泥鰍取出鑰匙，順利地拿出了高筒靴，放在門角裏，再把鑰匙放回原處。

小泥鰍這回怎麼也睡不着了，連翻了七八個身，估計着時間差不多了，又爬下牀來。

看看鐘，四點零五分，正正好！

小泥鰍溜到廚房，從灶上拿了隻小鋼精鍋，又在灶洞裏

掏出一包火柴——這當然也是他們原先「計劃」好的，既然出遠門捉蛇，總得搞次野餐。小泥鰍把火柴放進衣袋，然後打開碗櫥門，拿出餅乾桶，伸手一摸，好！裏面還有四個雞蛋糕——他知道，這是妹妹捨不得吃才「存」下來的，自己的那一份，幾天前早就「消滅」乾淨了——他隨手把蛋糕放進了那口小鋼精鍋裏。

小泥鰍剛想離開，一轉念又想，當哥哥的不聲不響偷走了妹妹的蛋糕，像甚麼樣子？對！得留下一張條子，告訴妹妹，這是「借」的，以後一定歸還！

想到這兒，他拿出紙筆，湊着窗外微弱的月光，準備給妹妹寫一封信。但是，他剛寫了一個字，又停住了筆。唉，寫信太沒勁，聽大人們說，重要的事情告訴別人，就要打電報。對，我這個事情也很重要，非得打電報不行。聽說打電報一個字要花三四分錢，囉嗦了可不行。於是，他就這樣簡單扼要地寫道：

祕密電報！！！

妹妹：

哥哥去捉大王蛇！借你的蛋糕，回來還你！！一盒水彩也送你！！千萬千萬千萬請保密！！！！！！！！

小泥鰍一連用了三個「千萬」，後面又加了八個「感歎號」，他覺得這是完全必要的，一點也不能算浪費筆墨。要知道，妹妹是個快嘴姑娘，如果不對她作這番「強調」，那麼不

出三分鐘，全漁村的人就會像聽到有線廣播一樣，甚麼「密」也別想保住了。

小泥鰍滿意地點了點頭，把紙條放在餅乾桶裏，關好櫥門，這才拎起鋼精鍋，回到客堂裏。

他把高筒靴穿在腳上，試着走了幾步，「拖——拖——」聲音太響，也很不方便。他乾脆找根草繩，把靴子脫下來拴住，往肩上一背，就溜出了家門。

5.「搜索隊」開航

月亮快落下去了，村子裏是這樣的靜。樹葉子沙沙響，地上到處是奇奇怪怪的黑影子，好像黑影子裏隨時會有一隻怪獸向你撲來。

小泥鰍覺得背上涼颼颼的。

「咻溜」一聲，捲毛狗阿獅不知從甚麼地方竄到腳後跟來了。

「乖點，不許亂叫！」小泥鰍招呼着牠說。

阿獅好像聽懂了小主人的吩咐，點點頭，搖搖尾，不聲不響跟着走。

穿過林蔭道，再繞過一個小花圃，大將軍的家就到了。

「呱！呱！」小泥鰍貼在窗下，學青蛙叫了兩聲。沒有回答。他伸出手，在窗檯上摸，果然摸到了一根繩子，用力一拉，沒見動靜，再一拉，繩子像生了根似的，動也不動。

小泥鰍暗暗罵道：

「還大將軍呢，睡得真像死豬！」

話音剛落，突然「候」的一聲，小泥鰍覺得眼前一黑，一件甚麼東西罩住了自己的腦袋。

這一嚇，小泥鰍差點掉了魂，他剛想驚叫，耳邊聽到了輕輕的「噓」聲。噢！原來是大將軍搞的鬼。

大將軍取下罩在他頭上的一個塑料袋，拉起他就往村北走，嘻嘻笑着，輕聲問：

「怕不怕？」

小泥鰍的心還在「咚咚」跳，埋怨地說：

「還怕不怕呢，人嚇人要嚇死人的！」

「嘻……」大將軍又笑着說，「不是沒死？我是鍛煉鍛煉你的膽量。」

「就你一個膽大！」

「好了好了，」大將軍換了話題，「東西帶全了嗎？」

「該我帶的都帶了，」小泥鰍見大將軍手裏只有一隻空塑料袋，反問道，「你的呢？」

「萬事俱備！」大將軍說着，從口袋裏掏出了一隻手電筒，說，「瞧，我還帶着這個呢。」

「天都快亮了，你帶電筒幹甚麼？」小泥鰍吃驚地問。

「幹甚麼？」大將軍用不可商量的口氣說，「要是今天白天抓不住大王蛇，我們就晚上再捉！」

小泥鰍露出膽怯的神色。

「你怕了？怕甚麼，有我呢！」大將軍把胸脯拍得咚咚響，「不捉到大王蛇，決不收兵！」

「那當然！」小泥鰍昂了一下頭，裝出一副坦然的樣子。

「哈，告訴你，昨晚上，我也喝了三大碗開水。你的辦法真靈，我起來尿了三次。」大將軍喜滋滋地說，「沒等你來拉我，我就起來了，我已經把我媽放鴨的船也偷來了，魚叉、魚

簍、黃鱔夾甚麼的全在船上了。」

「那，你媽放鴨要用船呢？」小泥鰍問。

「沒關係。家裏剛買了一條新船，舊的就要上青石灘去修啦。」

說着說着，兩人已來到了村北湖灘邊。大將軍鑽進蘆葦叢，撐出了一條小船。

小泥鰍高興地跳上船頭，阿獅也一下子竄進了船艙。

「開船！」

小泥鰍抓起木槳就要划。

「慢！」

大將軍制止他，又說：

「正規軍出發，得像個樣子。」

說完，大將軍彎下腰，從艙裏取出一隻舊的塑料「銅盆帽」往腦袋上一套，又拿起魚叉揮舞了兩下，拍着胸脯問小泥鰍：

「怎麼樣，神氣吧？」

太神氣了！那頂塑料「銅盆帽」，叫小泥鰍羨慕死了。可是，自己總不能光着頭啊！

小泥鰍終究是小泥鰍。他把鋼精鍋裏的蛋糕往塑料袋裏一倒，就往頭頂上扣。

行！不大不小，正好罩住腦瓜，抵得上一頂真正的鋼盔。小泥鰍隨手拿起木槳，也揮舞了兩圈，側着頭問：

「怎麼樣，神氣吧？」

「好極了！」大將軍像電影裏的指揮員一樣，看了看手腕上一隻想像中的手錶，裝模作樣地把手一劈，「北京時間四點三十分整，總攻開始！」

「慢！」

這回輪到小泥鰍制止大將軍了：

「既然是正規軍，我們這支隊伍總得有個名稱。」

「對呀，叫甚麼名稱呢？」

小泥鰍想了想，說：「叫『大王蛇搜索隊』，怎麼樣？」

「好極了！」大將軍叫道，「就叫『大王蛇搜索隊』！」

「還有，」小泥鰍眨了眨眼睛，好聲好氣地說，「既然有了隊伍名稱，我們每人總得有個職務。大將軍，你當了好幾年的大將軍，這次讓我當一回吧，好嗎？」

大將軍不同意：

「不行不行！我當慣了大將軍，怎麼能隨便改！」

「你當『大元帥』。『大元帥』比『大將軍』還大呢！」小泥鰍近乎哀求道。

「不行！我要當大將軍。」

「那我就當『大元帥』吧。」

「那更不行，你怎麼比我『大』起來了呢？你還小我一歲呢，」大將軍反對說，「你另外當個甚麼吧。」

「當甚麼呢？」聰敏的小泥鰍一時也想不出甚麼合適的職務。

「有了！你當我的參謀長！」大將軍說，「參謀長也挺大，《林海雪原》裏的少劍波就是參謀長。」

「好！我就當參謀長。」

小泥鰍對這個職務挺滿意，少劍波可是個了不起的人物。

「我們的阿獅就讓牠擔任通訊員吧！」參謀長「參謀」道。

「行！出發！」

「大王蛇搜索隊」開航啦！

兩支木槳撥開水面，小划子像雪橇一樣，在雪浪花上無聲地向前滑去，鑽進了淡淡的晨曦。

他們的「總攻」目標——魚尾島。昨天，那條大王蛇逃到湖裏後，一直往東游去，說不定是往魚尾島去的。他們要來個跟蹤追擊！

天快亮了。

淡藍色的天幕籠罩在青陽湖上，水天連接的地方，有一條細細的金線在晃動，啟明星懸在天際，不停地眨着眼睛。微微的曙色中，他倆的身影模模糊糊地倒映在湖面上，隨着小船的划動，輕輕晃蕩。天空和湖面，顯得是多麼深廣，多麼神祕啊！小划子好像駛進了童話世界一樣。

所有的苦惱和緊張，全都拋到九霄雲外去了，小泥鰍說

不出心裏是興奮還是激動，不，現在他簡直感到一種最大的榮幸。昨天逃走了大王蛇，算得上甚麼禍事呢？那是老天爺的有意安排！不是嗎，在小泥鰍看過的很多童話裏，常常有這樣的故事：家裏的一隻鳥飛了，或者，一隻羊走失了，年輕的主人公就去找呀找呀，走進了深山老林，走到了非常非常美麗的「仙境」裏，結果，找到了一件要變甚麼就變甚麼的寶貝，又遇到了一位漂亮的仙女……小泥鰍想，我可不要遇見甚麼仙女，最好找到一隻寶葫蘆，變出一條最大最大的大王蛇來，賠給王叔叔……

大將軍鼓着圓圓的腮幫，一聲不響地划動着木槳。要是往常，搞甚麼別的活動，他非得「全副武裝」地在村上威威風風地兜上三圈不可，讓小夥伴們跟得像一串蟹，那才過癮！今天可不，今天是自己親自制訂的「軍事計劃」，第一條就是保密，怎麼能讓人知道呢？就是遠遠看見一條漁船，也得繞個彎溜走！嘿嘿，等捉到了大王蛇，回到村上，讓大人小孩瞧個夠吧！保他們伸出舌頭都縮不回去！

6. 魚尾島上

在浩浩渺渺、一眼望不到邊的青陽湖中，有許許多多美麗的小島，比如魚尾島啦，荷花島啦，野鴨島啦⋯⋯每一個小島，都像一個小公園，不，都像一個小小的動植物世界。它會向每一個到來的孩子敞開胸懷，獻上豐富多彩的禮物。你隨便翻開水灘邊的一塊石頭，準能摸到一隻螃蟹，或者一條魚兒；你隨便爬上一棵樹，準能掏到一窩鳥蛋，要是運氣好一點，還能捉到幾隻好看的小鳥呢。要說野果子，那就更多啦！山桃、毛栗、野棗、桑葚⋯⋯甜得比糖還甜。要是吃到發澀的甚麼果子，你定會伸出舌頭喊麻；酸的呢，說不定會使你涎水流出三尺長⋯⋯

多可愛的小島啊！

可惜，它們離漁村太遠，少說也有八九里水路，孩子們平常不大有機會上這兒來。有時候，大人到島子附近捕魚，才勉強同意隨船的孩子到島上玩那麼一兩個鐘點。

今天，大將軍和小泥鰍自己划着船到魚尾島來了。這對他們來說，「活了這麼一把年紀」，還是第一次。

魚尾島比較大，樣子也很特別。要是你化成一隻小鳥飛到天空往下瞧，你就會發現，這個小島就像一條巨大的鯉魚剛跳進水裏，在湖面上還留着個尾巴 —— 魚尾島的名稱也就是這麼來的。它的尾巴尖正對北面，往南就是魚的後半截身子，南北大約有三四百米長。從東到西，最寬的兩個尾巴尖之間，也至少有二百米長。

大將軍和小泥鰍划着小船接近魚尾島的時候，太陽早已跳出了水面。船多起來了，遠處，一張張白色的風帆，就像一隻隻白色的水鳥一樣，貼着水波飛馳。

為了不叫人發現，他倆將小划子藏進了「魚尾巴」中間

密密的蘆葦叢裏，然後，背上所有的「武器裝備」，登上魚尾島。

小泥鰍穿着高筒靴走路，累得滿頭大汗。大將軍在一邊吃吃地笑，說他：「活該！」兩人好容易才穿出污泥水草地帶，一屁股坐下地，只覺得肚子咕咕直叫。他們這才想起，早飯還沒吃哩。小泥鰍打開塑料袋，取出自己的四塊蛋糕，跟大將軍平分了。

好香啊！大將軍只花了六口，就把它們「徹底殲滅」了，但是奇怪，肚子反倒更餓了。他把自己帶的六個麵包拿出來，分成兩份。小泥鰍把它們重新分成三份，把其中的一份丟給了阿獅，阿獅銜着麵包，躲到一邊享受去了。

吃飽肚子，該行動了。大將軍站起身子拍拍屁股，說：「我們先分工，你往東，我往西，最後在島南『會師』，再一起到中間去……」

這怎麼行呢！要是自己能一個人捉住大王蛇，昨天還會讓牠白白逃走嗎？小泥鰍的聲音有些發顫：「不，不要分開……」

「哈……」大將軍狡猾地眨了眨圓圓的眼睛，「我是試試你的。當然一起走，不過，你的膽子可不能太小！」

「我，我根本不是膽小！我們一起走，我可以幫你背東西，還有，我可以給你做參謀。」

「你的理由真足！」大將軍笑了笑，「好，那你跟着我。」

說罷，大將軍一手拿魚叉，一手拿夾子，往西開路。

小泥鰍腰裏挎着小竹簍，頭上戴着鋼精鍋，背上扛着塑料袋，緊緊跟在後頭。

阿獅從來沒到過這個地方，好奇地前前後後到處亂跑、亂嗅。

大將軍用竹夾子敲了牠一下，警告說：

「到後面去！在前頭亂竄，蛇都給你嚇跑了！」

阿獅是聽話的，果然乖乖地夾着尾巴貼在小泥鰍身邊，慢吞吞地走。

魚尾島的兩岸，長着各種各樣的雜草，開着一串串紅的黃的花，有幾隻好看的大蝴蝶，上上下下地飛舞。大樹不多，灌木、杞柳倒不少，一叢一叢，接連不斷。

大將軍用魚叉探路，東一下，西一下。

「撲咚！」「撲咚！」青蛙們受到驚嚇，紛紛跳下水去，就是不見蛇的影子。

「啾——」「吱——」五彩的小鳥驚叫着從灌木叢裏向藍天飛去，還是不見蛇的影子。

每一個意外的響動，都會引起大將軍的一聲咒罵，又驚出小泥鰍的一身冷汗。

不知不覺已經到了島南頭了！

這兒的景色和西面完全不同。到處是高高低低的大石頭，就像一座座縮小了的高山，靠近水灘的幾塊，光滑得和饅頭一樣。奇形怪狀的小松樹，從石縫裏頑強地向外伸展；長着藤的草蔓，緊緊地抓住巖石，往高處爬去，看上去倒和蛇差不多。

高筒靴在這兒更成了累贅，小泥鰍只得脫下來，背在肩上，光着腳爬「山」。他倆差不多把每條石縫都摳過了，還是甚麼蛇也沒見到。

小泥鰍人瘦小，又背着這些東西，早熱得氣喘吁吁，臉色發紅。那隻扣在頭頂上的鋼精鍋被太陽烤得發燙，把頭上的汗全都「逼」了出來，它們成串成串地沿着尖尖的下巴往下淌。

大將軍本來就怕熱，這半天舉叉揮夾，翻石摳洞，也累得夠嗆，往上翹的圓鼻子像老牛似的直喘粗氣。

小泥鰍歎了口氣：

「唉！看樣子捉不到了。」

「怎麼盡說洩氣話？」大將軍一邊用衣袖擦臉，一邊說，「還有好多地方沒找呢。走，往東走。」

東岸的地勢比較平緩，那裏長着一片樹林子。甚麼香樟、冬青、棗樹、野梨、山桃……花色品種真不少。要是往常，兩人一定要爬上樹去採果子吃了，今天不！他們的戰鬥任務是捉大王蛇，怎麼能像饞嘴的野孩子一樣呢？

……每一棵樹根都搜過了，每一個樹洞都掏過了，哪裏有大王蛇的影蹤呢？唉！哪怕是發現一條小小的水蛇也好啊！可是，所有的蛇好像都接到了「搜索隊」要來捉蛇的情報一樣，全都藏到不知甚麼地方去了！

太陽升到當頂了，他們又覺得肚子餓了。於是，他倆來到了島子中間。

這兒原來是一座甚麼菩薩廟，如今一片荒涼。幾道斷牆東倒西塌，幾條石板七歪八扭，泥菩薩早就化成了一堆塵土，

只留下兩三尺高的破底座。廟前的一塊場地是用方磚鋪的，

碎縫裏擠滿了野莧菜、牛筋草、狗尾巴草……一棵又高又大的

梧桐樹就像一把大傘，在磚場上投下了一片陰影。

　　大將軍折了幾根樹枝，在樹蔭裏支起一個三腳架，又捧了

些黃葉斷枝，堆在架子下，命令小泥鰍說：

　　「你去舀一鍋水來燒。我到樹林裏去，那兒有幾個鳥窩，

一定能掏到不少鳥蛋。」

　　小泥鰍舀好水，將鍋子吊在支架上，把火點着了。

　　一道濃煙滾滾上升，穿過梧桐葉子，變成了無數條淡淡

的白霧，裊裊飄散。

　　火苗「吱、吱」地唱着歌，阿獅也「呼嚕呼嚕」哼着

催眠曲，小泥鰍眼前覺得朦朧起來，他強制自己，不要睡

過去。

　　「啪嗒——」

　　小泥鰍聽見背後有一樣甚麼東西掉下來。

　　哼！準是大將軍又開玩笑，這傢伙老是這樣拿人開心！小

泥鰍裝出漫不經心的樣子回過頭去。

這一回頭，非同小可！

小泥鰍像被火燙了一樣跳起來，「啊」地驚叫一聲，身上的每一根汗毛都像聽到了「立正」的口令，全豎直了。

——從樹上掉下來的，不是涼鞋，不是泥巴，不是樹枝，竟是一條三尺來長的蛇！

小泥鰍簡直不敢相信自己的眼睛了，他擦擦眼，定睛一看——確確實實，是一條蛇！

那條蛇大概摔疼了，扭動了幾下身子，接着伸長脖子，吐了吐舌頭，兇狠地望着小泥鰍，好像說：「怎麼樣？你敢上來嗎？」

小泥鰍似乎看到了蛇頭上「大王」兩個字，恍惚間，覺得那條蛇張開了血盆大口，要向自己撲來。他周身的血，直往頭腦裏湧。

但是那條蛇並沒有咬人的意思，牠也許覺得咬小泥鰍是一件沒有出息的事情。只見牠慢悠悠地轉過頭，朝樹幹後遊去。

「不能讓牠逃走！不能讓牠逃走！」小泥鰍有點清醒了，暗暗囑咐着自己。他顫顫地抓起黃鱔夾子，雙手捏牢竹柄，往蛇尾巴上抖抖索索地夾去。

一夾，沒夾住。

第二夾，夾牢了。

顯然，那蛇被夾痛了，牠驚恐地回過頭，進行自衞，張開大口向小泥鰍撲來。

「媽呀！」

小泥鰍被那蛇兇猛的來勢嚇壞了，慌忙丟下夾子，跳後三尺，呼吸也快凝住了。

阿獅見小主人受了欺侮，雄赳赳地上來助戰，攔住蛇的去路，汪汪亂叫。

那蛇見斷了後路，昂起頭，兇狠而又目空一切地向小泥鰍的腳下遊過來。

小泥鰍大概被這蛇的「傲氣」激怒了，一時不知哪來的一股勇氣，他操起一根樹棍，就對準蛇頭猛地戳了過去。往日裏

投魚叉的好功夫這下派了大用場，蛇頭一下子被戳住了。

小泥鰍閉着眼睛，使出了吃奶的力氣把蛇頭往下按。

蛇的頭不能動了，牠的身子拼命掙扎，一會兒就像鋼絲彈簧一樣，繞住了那根樹棍，尾巴尖還在不停地擺動。

阿獅圍着樹棍亂轉，汪汪地想去咬蛇。

小泥鰍緩過氣來，這才想起為甚麼不早點去叫大將軍。他一面壓住樹棍，一面說：

「阿獅，快！快去叫大將軍！」

阿獅接受了「參謀長」的急令，真的當起了通訊員，牠撒開四爪，直往東邊樹林裏奔去。

7. 意外的美餐

真是撞上晦氣星了！

大將軍一連爬了七八棵樹，才摸到六個生着灰斑的小鳥蛋。他這才想起，掏鳥蛋該是春天或秋天的事。

那時候，鳥兒下蛋孵雛，每一窩總有幾個蛋，現在是大熱天了，就連嘴角黃黃的雛鳥也少見了，哪來那麼多鳥蛋呢？

他改變了主意，取下帽子，翻過來，裝了半帽子紫紅色的桑葚，又摘了幾隻棕色的野梨，接着，又準備到南邊石灘下去摸些魚、蝦。

突然，雪白的捲毛狗阿獅奔來了，牠咬住大將軍的褲管往回拖，嘴裏「嗚、嗚」響。

大將軍奇怪地彎下腰來，摸着阿獅的頭：

「怎麼啦？我去摸幾條魚來給你吃！」

阿獅還是一股勁地咬住他，往回拖：

「嗚……」

一定是小泥鰍派牠來叫自己的。大將軍知道，阿獅是十分討人喜歡的聰明小狗，牠認識村上所有的小孩子，小泥鰍要找誰，只要對阿獅說一聲就行。有幾次，大將軍就是這樣被阿獅「拖」到小泥鰍家裏去的。

大將軍只得放棄了原來的打算，跟着阿獅走出樹林。沒走一會兒，他就遠遠看到小泥鰍像個拄着拐杖的老人一樣，定在那兒一動不動，感到奇怪：「小泥鰍，幹甚麼？」

「快！快！」小泥鰍並不鬆勁，就像老師辦公室裏的大圓規那樣原地轉了半圈，大聲招呼着，「快！一條蛇！」

「一條蛇？」

大將軍眼睛一亮，渾身來勁，他三腳併作兩步地就跑到了梧桐樹下。

真的，一條烏黃色、油亮亮的大蛇！

大將軍氣喘喘地吩咐：

「快！快！捉到簍子裏去！」

他一面說一面衝到火堆邊，提起竹簍放到蛇身邊：

「快！快鬆手！」

小泥鰍渾身上下都濕透了，力氣也用得差不多了，可是仍毫不放鬆：

「不能鬆，要咬人的。」

大將軍一看，急得直拍大腿：

「咬個屁！再不放鬆，蛇都死了。」

說完，他拾起黃鱔夾子，夾住蛇脖子。小泥鰍鬆開樹棍，噓出一大口氣，就像卸下了千斤重擔。

那條蛇在地上扭了兩下，再也不動了。

大將軍彎下腰仔細一瞧，像泄了氣的皮球，把竹夾子往邊上一甩：

「你看看，蛇頭都爛掉了！」

可不是！蛇頭在小泥鰍的全身力氣下整整壓了十分鐘，還會不爛嗎？

大將軍望着那爛蛇頭，火氣直冒，圓圓的眼睛像要彈出來那樣：

「你為啥不用竹夾子？」

小泥鰍囁囁地說：

「用⋯⋯用的，牠還咬人。」

「你看，碾得這麼爛，連甚麼蛇都看不出來了。」

「剛才⋯⋯我看⋯⋯好像⋯⋯大概⋯⋯可能⋯⋯頭上有『大王』兩個字。」

「好像！大概！可能！」大將軍學着小泥鰍的話，又問，「你為啥不早點叫我？」

「沒，沒想到。」

「你為啥用這麼大的力氣？不知道蛇頭要壓扁嗎？」

「沒，沒想到哇！」

「沒想到！沒想到！真是天字第一號大笨蛋！」

大將軍狠狠地罵了一句，坐下來不再說話。

「我……」小泥鰍委屈得鼻子有點發酸。唉！怪誰呢？還不是怪自己膽子太小，太慌亂了。好容易發現了一條蛇，就這麼輕易地碾死啦！

大將軍的火氣就像夏天的陣雨，發過一陣，也就消了。唉，這事也不能光怪小泥鰍。他一個人能把蛇打死，已經是個大進步了，怎麼能罵他呢？他站起來說：

「我罵人，我不好。你罵回我一句吧。」

怎麼能罵回去呢？大將軍心裏急，心裏火，也完全是為我呀！小泥鰍擦擦噙在眼眶裏的淚珠，說：

「不，全怪我！」

「唉，算啦，別提了。還是吃過飯再捉蛇吧。」

小泥鰍說：

「這條死蛇要不要裝起來？也好賠給王叔叔。」

「虧你想得出來。」大將軍幾乎又要冒出火來，「算了，算了！你想想，第一，蛇頭都爛了，你能知道是甚麼蛇？第二，

就算是大王蛇吧，死的有啥用？逃了活的賠死的，你有啥面子？讓夥伴們知道了，都要刮臉皮！」

嘿！小泥鰍又是沒想到。

大將軍一把抓起死蛇，說：

「依我看，乾脆剝了皮，當飯吃！」

「甚麼，吃蛇肉？」

小泥鰍一聽，渾身頓起雞皮疙瘩。

「怕甚麼？蛇肉可好吃啦！」大將軍說，「比雞肉還要鮮！王叔叔說，蛇的渾身上下都是寶！」

一說開頭，大將軍又來勁了。甚麼蛇皮可以做胡琴啦，甚麼吃蛇肉可以使皮膚光滑，不生瘡癤啦，甚麼蛇膽可以治眼病啦，甚麼蛇骨可以浸酒治關節病啦，還有甚麼蛇毒比黃金還貴，可以治癌症啦……他一說就是一大套。

小泥鰍聽得都忘記了害怕。

大將軍說完，還沒容小泥鰍開口，就摘下隨身帶的小摺刀，割下蛇頭，開膛破肚，利索地扒下了一張三四寸寬的蛇

皮。出現在他手裏的，是一段雪白雪白、閃着淡淡藍光的蛇肉。他把蛇肉洗乾淨，切成一小段、一小段的，然後投進鋼精鍋裏，還拔了幾根野葱放進去。

兩人一邊吃桑葚一邊等待。不一會兒，水開了，鍋子裏冒着白氣，一股香味直衝鼻子，引得人肚子咕咕叫，口水止不住要往下淌。

取下鍋子一看，只見上面漂着一層淡淡的黃油，水清得可以一直望到鍋底。

大將軍用刀尖戳住一塊蛇肉，吹了兩下，沒等涼，就往嘴裏送：

「哎喲，好香啊……不過太淡了。你吃吃看。」

小泥鰍壯着膽子試了一塊。香是香，就是太淡了一點。

「哦，我想起來了，船上有鹽！我媽外出放鴨要燒飯菜，船艄下總藏着一小罐鹽。」

大將軍高興地跳起來，往藏着小划子的蘆葦叢中奔去。

鍋裏放了鹽，味兒就大不一樣了。鮮！真鮮！鮮得不得

了！鮮得連眉毛也要掉下來！

這頓意外的美餐真是太妙了。小夥伴倆忘掉了剛才的不快，你一塊，我一塊，一邊吃一邊嘖嘴稱讚着，一會兒，就把湯喝得一乾二淨了。

當然，捲毛狗阿獅也沒漏掉，甚麼好吃的東西，小泥鰍總忘不了給牠一份。

吃飽喝足了，大將軍和小泥鰍頭枕着手，並排躺在大樹下養神。

「嘿！真鮮哪！世界上再沒有比蛇肉更鮮的東西了！真比雞肉還好吃。」

小泥鰍現在對蛇肉產生了好感。

「不騙你吧？我小時候跟着外公吃過幾次呢。」大將軍有點自豪，又有點惋惜地說，「我外公會捉蛇的。唉，可惜他早幾年就死了。要不，讓他帶我們來捉，我敢打賭！捉牠一二十條沒問題……」

大將軍說着說着，竟不知不覺地睡着了。他臉上帶着滿

意的微笑，嘴角流着涎水，還輕輕地打着鼾。

陽光從樹縫裏射下來，就像一根根金針，刺得人睜不開眼。湖面上吹來的一陣微風，拂動着草叢，拂動着樹葉。一切是那麼恬靜，那麼愜意。小泥鰍覺得鼻子裏癢癢的，好像是孫悟空在微風裏撒上了一把瞌睡蟲似的，直往他鼻孔裏鑽，他打了幾個噴嚏，頭一歪，也呼呼地進入了夢鄉⋯⋯

8. 兩個「泥菩薩」

「啪、啪、啪……」

一陣清脆的馬達聲，驚動了飛鳥，也把睡夢中的大將軍給驚醒了。他睜開眼睛一看，喲，太陽已經移到魚尾島的西面去了，樹影拉得老長老長，像一個個大雞毛撣子——這一睡，真不知睡了多少時候啦！

「啪……」

馬達聲越來越近了。咦，好像停住了。

「月半！——」

一個女人的聲音從湖邊的杞柳叢中傳來。

不好！大將軍一聽就知道，這是媽媽的聲音。

「潘小秋 ——」

這是誰的聲音？噢，聽出來了，這是金桂在叫喊。再明白不過了，是媽媽他們乘着王叔叔的橡皮艇找人來啦！大將軍像觸電似的跳了起來，他使勁地推着還在做夢的小泥鰍：

「快！快起來，他們找我們來了。」

「找，找甚麼？」小泥鰍抹着眼睛，還沒弄清怎麼回事。

「我媽和金桂找我們來啦！」

「真的？」

「誰騙人！」

這時，湖邊又傳來了尖細的喊聲：

「常月半……潘小秋……」

聲音又近了一點，一定是金桂他們上岸了。

「怎麼辦？」小泥鰍在慌亂中失去了主意。

「快！快躲起來！」

大將軍一邊收拾東西，一邊說：

「不要留下甚麼東西。」

小泥鰍瞅瞅太陽，說：

「時間不早了，要不要⋯⋯」

「甚麼要不要？」大將軍打斷了小泥鰍的話，「蛇沒捉到，你有臉去見王叔叔？」

小泥鰍臉頰上升起兩朵紅雲，他結結巴巴地為自己找理由：

「不回去，你、你媽打你怎麼辦？」

「只要捉住大王蛇，我寧願挨打。」其實，大將軍知道媽媽心腸軟，是不會打他的。

「⋯⋯」小泥鰍還有甚麼話說呢？

「不捉到大王蛇，我就不回家！」大將軍又補充了一句。

他天生是這個脾氣！

幫忙的有這麼大的決心，自己這個闖禍的反倒打退堂鼓，像話嗎？小泥鰍又安下心來了，他趕緊拿起東西，跟着大將軍往破廟後「撤退」。

這段斷牆太矮了，不安全！

那叢灌木又太稀，藏不住人！

他倆溜到了菩薩的底座後面。想不到的「奇跡」出現了，

底座下面竟是空心的，好像工匠事先知道他們今天要躲藏進去

才有意這麼建造的。

大將軍高興地指揮着：

「快！快進去。」

小泥鰍帶着阿獅先鑽了進去。

大將軍把東西遞給小泥鰍，又扯了幾根樹枝，他鑽進底座之後，再用樹枝把洞口偽裝起來。外面看上去，有誰想得到裏面竟藏着人呢？

底座又矮又小，兩個人加一條狗，擠在裏面動也不能動了。一股發霉的氣味直往鼻子裏鑽，叫人直打嘔。幸好底座邊上有幾條磚縫，可以換換空氣，又可以當「瞭望孔」，看清外面的一舉一動。

這個地方太妙了。

金桂和大將軍媽媽走來了，大鬍子王叔叔也跟着走來了。

「媽呀！」金桂突然驚叫起來，「蛇！蛇！」

「甚麼蛇？」王叔叔快步走上前，撿起了一張蛇皮，「哈……是一張蛇皮。一條挺大的青肖蛇呢。」

噢，原來剛才捉到的是一條青肖蛇，小泥鰍還煞有介事地

當牠大王蛇呢，真好笑。

只聽王叔叔又說：

「這兩個小傢伙看來真的是捉大王蛇來的。說不定還沒離開呢。快分頭找一找。」

大約半節課時間，大將軍的媽媽和金桂先後回到了廟前。

「唉！」媽媽歎了一口氣，「都找遍了，不見個人影，不會出甚麼事吧？」

「不會的。」金桂安慰她，「小春親口告訴我的，她把小秋留在餅乾桶裏的條子也給我看了。他們出來捉大王蛇，現在說不定還在哪個島子上呢。」

啊！原來事情壞在小春身上，是她泄露了軍事祕密！小泥鰍後悔不該打那個「電報」。這個「快嘴姑娘」！就是給她寫上一萬個「千萬」，再加一億個「感歎號」，她也還是要講出去的！這會兒，小泥鰍只好默默地接受大將軍對他的白眼與責備。誰叫他自己突然冒出一個「打電報」的餿主意呢！

只聽見大將軍媽媽又歎了一口氣說：

「野鴨島、荷花島全都找過了。我最怕他們被蛇咬了，再說，天氣預報說要下暴雨，再不回家，就糟了。我⋯⋯就這一個孩子。」

大將軍媽媽說着說着，抹起眼淚來了。

「不要緊的，不要緊的，他們自己會回來的⋯⋯」

金桂一面勸說，一面也陪着抹眼淚。

小泥鰍在洞裏也不由自主地抹了幾下眼睛，他用手肘碰碰大將軍，輕聲說：

「還是⋯⋯回家吧，看你媽媽哭了。」

「要走你走，我說過了，不捉到大王蛇，我決不回家。」

大將軍頭也沒偏一下。

正說間，大鬍子王叔叔也來了。他說：

「湖邊連一條船的影子也沒有，看樣子他們已經走了。我們趕快到別的島上再看看。等一會暴雨來了，就來不及啦。」

小泥鰍聽得明明白白，又對大將軍說：

「要下雨，怎麼辦？」

「怕甚麼？沒事！」

「啪、啪、啪⋯⋯」

馬達聲又響起來了，顯然，王叔叔開着船離開魚尾島了。

這裏又恢復了先前那樣的平靜。

大將軍和小泥鰍一先一後從底座下鑽出來。

小泥鰍望着朝北駛去的越來越小的橡皮艇，呆呆的，心裏說不出是甚麼味道。

大將軍只顧整理着東西。突然，他對着小泥鰍哈哈大笑，笑得連眼淚都出來了。

小泥鰍一時沒弄懂怎麼回事：

「笑啥呀？」

「哈⋯⋯你照照鏡子看，身上髒了，頭髮白了，面孔花了，活像一個泥菩薩⋯⋯」

「還笑我呢。你自己也成了大花臉泥菩薩啦，哈⋯⋯」小泥鰍也笑了起來。

兩個「泥菩薩」互相取笑了一陣，這才回到船上，脫光

衣服，痛痛快快地在湖裏洗了個澡，又把剩下的桑葚、野梨吃了個精光。

大將軍把小划子撐出密密的蘆葦叢，說：

「走！抓緊時間。」

「上哪兒去？」

「荷花島。」

「荷花島？」

「對，王叔叔往北，我們往南。讓他們去找吧。哈……」

笑聲把蘆葦叢裏的一隻水鳥驚飛了。

小泥鰍忍不住又往橡皮艇消失的方向，望了一眼。

9. 划子漂呀漂

一朵一朵白雲，就像新彈的棉絮一樣，貼在瓦藍瓦藍的天空中。奔走了一天的太陽，慢慢地向西落下去、落下去，落到天邊的雲海裏去了。

幾道強烈的陽光，從雲縫裏噴射出來，多像高山上掛下來的瀑布啊！不，應該說它更像舞台上突然打開的燈光，給青陽湖塗上了一層橘黃色，給遠處的白帆鑲上了一條透明的金邊。

本來就十分美麗的青陽湖，現在顯得更美麗了，它輕輕地掀動着金色的水波，就像一片平緩的沙灘。小划子這時就像一頭頑皮的小鹿，在沙灘上輕快地向前跳躍。

大將軍猛划了一下木槳，指着陽光哈哈笑着說：

「聽老年人說，『朝霞雨，晚霞晴』，這種天氣怎麼會下暴雨呢？幸虧沒有聽你的話，從洞裏爬出來『投降』。」

「我會投降？當參謀長的會投降？笑話！」小泥鰍擦了一下汗，回頭說，「可你不得不承認，現在沒有風了啊，多悶熱！我只怕真要下雨。」

「那是你划船熱的！」大將軍又用木槳指着前面一個橫着的小島說，「放心吧，至多還有一節課時間就到了，就是下雨也不怕了。」

可是，小划子還沒划出四五百米遠，老天爺就忽地變了臉色。

太陽像掉進了深淵。西北方向的天空扯起了一道巨大的黑幕，向東南伸過來，伸過來⋯⋯

青陽湖失去了絢麗的光彩，變得像一隻深藍色的大染缸。剛剛還十分平靜的湖水，現在不安地蕩漾着。遠處的白帆，好像魔術師手裏的白鴿一樣，一下子都消失，不知飛到甚麼地方去了。

大將軍和小泥鰍都有點緊張起來。漁家的孩子都知道，這一切，都是可怕的暴風雨馬上就要來臨的徵兆。要是不趕在暴雨前把小划子歇在島子的避風處，那……

兩人一句話也不說，拼命地揮動着木槳，恨不得一眨眼就登上荷花島去。

……

荷花島靠近了，靠近了，連樹影也看得清了！

天邊的黑雲氣勢洶洶地追上來了，追上來了！好像老天爺在天空擺下了一個「野牛陣」，足足有一萬匹烏黑的「野牛」向前狂奔亂跳；翻滾着的雲層，就像牛蹄下捲起的煙塵。

雷聲也響起來了：「轟隆隆，轟隆隆……」短促，沉悶，就像老天爺緊擂着戰鼓，給「野牛們」助威、壯膽。

小划子像利箭一樣向前飛駛，和「野牛」賽跑。

終於，發了瘋似的「野牛」趕到前頭去了，它們沒完沒了地向東南湧去，把藍天的最後一道城牆沖垮了，滾滾的煙塵蓋沒了整個青陽湖。青陽湖又變成了一隻黑染缸。

一陣大風颳過，一道浪頭「嘩——」的一聲，把小划子拋起三尺高。竹篙子輕得跟蛛絲一樣，「呼——」地不知漂到啥地方去了。

大將軍的塑料盆帽被風吹掉了，他一伸手沒搶住，帽子落在船舷外。阿獅「汪」地一縱身跳進水裏，敏捷地銜住了帽子。一個浪頭打來，把阿獅推出了幾尺遠，好水性的阿獅，在波浪裏掙扎着。兩人好不容易才靠近牠，連帽子一起把牠救上了小划子。

大將軍接受了教訓，在驚慌中對小泥鰍說：

「快，把電筒火柴甚麼的都放在塑料袋裏紮緊，壓在艙板底下。」

這一切動作，只在十幾秒鐘裏就完成了。還沒等他們喘過一口氣，豆大的雨點灑了下來。

先是稀稀拉拉的幾點，落在脖子上，手臂上，麻辣辣的刺得人生疼。緊接着，大雨沒頭沒腦地瀉了下來，好像是老天爺把青陽湖裝在一個大盆子裏，翻過來往下傾倒似的。

風聲、雨聲交織在一起，到處是「嘩啦啦」一片，分不清哪是天，哪是湖，哪是雲，哪是雨，眼前的荷花島也一下消失了。

要是小划子撞在島上，可就糟了。大將軍拿起木槳撥了幾下。其實，這不過是白費勁，天黑得對面不見人影，哪能辨得清方向呢？就是划上一百槳，也不如一陣風的力氣大。

過去，大將軍幫媽媽放鴨子，有時也碰到鬼天氣，總是能趕在暴雨前躲進安全的港口，再說，有媽媽當主心骨，風暴再大也覺得沒甚麼。今天可不同了，小划子像雞蛋殼一樣漂在茫茫的青陽湖中間，身邊只有一個比自己小一歲的小泥鰍。出了意外可怎麼交代啊？大將軍覺得自己的心好像沉到了湖底一樣。

只要人不掉進湖裏去就好！大將軍高聲喊道：

「小泥鰍！快彎下腰，伏在艙裏……」

兩人像壁虎一樣臥倒在船艙裏，雙手緊緊地抓住船舷，任憑小划子在風浪裏漂。

「劈哩哩，啪啦啦……」一串悶雷在頭頂打響，就像一

串鞭炮在柴油桶裏爆炸，而且，這個油桶又被老天爺從高山上推下來，跳躍着，震動着，落進了無底的深谷，接着又發出嗡嗡的回聲。

隔幾秒鐘，一道閃電，帶着可怕的銀光，像一條巨蛇，扭動着彎曲的身子，從天空中飛下，穿過雨海，鑽進了茫茫的深淵。

青陽湖憤怒地咆哮着。它掀起了滔天的巨浪，去迎接那雷電的挑戰。

在雷電和巨浪的交戰中，小划子成了它們泄怒的對象。

一會兒，巨浪伸出雙手，吼叫着把它拋到半空。

一會兒，雷電又一拳，把它砸進了浪谷。

大將軍和小泥鰍被淹沒在無邊的黑暗中，浸泡在冰涼的雨水中，在死神的指縫中尋求生的希望。

透過雨簾，他倆依稀看到，有幾塊巨石從身邊一掠而過，巨石上面幾枝搖曳的樹杈，差點掃着了他們的後腦勺。

還沒等他們辨清楚，一切的一切，又重新陷入了可怕的黑暗中。

他倆不由得都倒吸了一口涼氣。天哪，小划子漂得有多快呀！

「大將軍！」

「小泥鰍！」

「到、到啥地方了？」

「誰知道！」

「我們的划子漂得多快呀！」

「真是的，那麼快！」

「剛才那石頭……」

「可能是甚麼島子吧！」

「真危險！」

「是啊……」

周圍是風聲，雨聲，浪濤聲，雷電聲……

小划子漂呀漂……

10. 陰森森的山林

暴風雨終於停息了。

厚厚的濃雲退到了遠遠的天邊。那隱約的雷聲，好像是老天爺無力的喘息。

青陽湖平靜下來了。經過一場激烈的搏鬥，它需要安靜地休息了。湖水輕輕地蕩漾着，就像大地母親微微起伏的胸脯。

星星出來了。一顆、兩顆、三顆……它們孤零零地懸掛在幾片殘雲的縫隙中，抵不住深夜的陰冷，閃着顫抖的寒光。

夜風掠過，大將軍和小泥鰍冷得牙齒直打架。怎麼不冷呢？他倆渾身上下沒有一絲乾的地方，褂子都擰得出成把的水呢！

為了驅寒，他倆用「銅盆帽」和鋼精鍋舀起船艙裏的水來了。一會兒，他倆都覺得有些熱乎乎了。

小泥鰍又從隔艙裏取出塑料袋，鬆開繩子，伸手往裏一摸，高興得笑了：

「幸虧把電筒、火柴紮在裏邊，一點兒也沒濕。」

「這是向我媽媽學來的。我媽最細心，出門放鴨，總是把火柴衣服甚麼的放在塑料袋裏紮好。」

一提起媽媽，小泥鰍想起家來了。他歎了一口氣，說：

「唉！現在我們不知到甚麼地方了，不知離家多遠了？」

「誰知道。」大將軍並不着急，「怕甚麼？反正出不了青陽湖。」

「青陽湖周圍幾十里哪！甚麼時候才能划到家？」

「你呀，又來了，婆婆媽媽地老想家。大王蛇還沒捉到呢。」大將軍還是惦着捉蛇的事，「先划到甚麼島上去烤烤火，再想辦法捉大王蛇。」

「往哪兒划呢？」小泥鰍有點喪氣，本來就拿不定主意的

這位參謀長，現在連半點主意也想不出來了，「到處都是烏黑的一片，分不清東南西北，往哪兒划呢？」

「這你就不懂啦！」大將軍驕傲地搬出了肚子裏的老經驗，「你脖子伸得越長，越看不清。把頭貼近水面往前看，哪兒的黑影特別濃，那準是小島、湖岸。不信你試試看。」

說罷，兩人一個伏在船頭，一個伏在船尾，開始「偵察」。

「一大塊黑影！」小泥鰍興奮得連連大叫，「快看，快看！」水天交接的地方，真有一大塊黑影。大將軍觀察了一會兒說：

「那準是一個甚麼大島，快划過去！」

小泥鰍又報告了新的情況：

「燈光！還有燈光！」

真的，黑影裏遠遠地亮着一盞燈，那一點微弱的閃耀着的光，像在向他們招手呢！兩人頓時渾身來勁，向那裏划去。

「唰 —— 嘩 —— 」

小划子跳動着，把水花的聲音遠遠拋在後面。

黑影越來越近，越來越大了。看清了！原來是一座山！

「這不是翠屏山嗎？」

小泥鰍猛然驚叫起來。

「一定是！」大將軍說。「放鴨的時候，媽說過，我們青陽湖四周，就少山，只有對岸一座翠屏山。」

不好！小划子漂了半夜，竟漂到青陽湖的東南岸來了。這兒離青陽漁村起碼有三十多里地！

「怎麼辦呢？」小泥鰍怯怯地說。

「怕甚麼？上去再說！」大將軍揮了揮手。

「到山上去幹甚麼？」

「來了就上唄！一來，找個山洞烤烤火；二來，說不定能捉到一條大王蛇呢。聽王叔叔說，蛇最喜歡夜裏出來活動，下了陣雨，山裏的蛇更多！」

一聽說「蛇更多」，小泥鰍的頭皮也發麻了。可是能說甚麼反對上山的話嗎？看人家大將軍，為了我，吃了這麼多苦，

měi miǎozhōng dōu diàn jì zhe dà wáng shé jiù xiàng tā zì jǐ chuǎng le huò yí yàng duō hǎo de péng
每秒鐘都惦記着大王蛇，就像他自己闖了禍一樣，多好的朋

yǒu a Shuō shén me yě děi shàng le
友啊！說甚麼也得上了。

Xiǎo huá zi zhuàng àn le Tā liǎ kàn zhǔn yì kē zuì gāo de shù xì hǎo chuán wèi de
　　小划子撞岸了。他倆看準一棵最高的樹，繫好船（為的

shì huí lái de shí hou hǎo rèn xiē dài zhe wǔ qì cháo shān shang zǒu qu Gāng cái yuǎn
是回來的時候好認些），帶着「武器」，朝山上走去。剛才遠

yuǎn kàn jiàn de nà yì shǎn yì shǎn de dēng guāng xiàn zài bù zhī duǒ dào nǎ li qù le hǎo xiàng shì
遠看見的那一閃一閃的燈光，現在不知躲到哪裏去了，好像是

yǒu yì zài gēn rén zhuō mí cáng Sì zhōu àn de shǐ rén gǎn dào hǎo xiàng yí xià zi diào jìn le shén me
有意在跟人捉迷藏。四周暗得使人感到好像一下子掉進了甚麼

wú dǐ dòng lǐ miàn
無底洞裏面。

Dà jiāng jūn dǎ kāi diàn tǒng wǎng sì miàn zhào le yí xià
　　大將軍打開電筒，往四面照了一下。

Ō zhèr shì shān pō xià de yí gè shù lín zi Yā ya Zhè dōu shì xiē shén me
　　噢，這兒是山坡下的一個樹林子。呀呀！這都是些甚麼

樹？樹幹又粗又矮，樹枝上掛滿了一簇簇青果子 —— 都是白果樹！整個青陽漁村中，才只有一棵，想不到在翠屏山下，竟有這麼多！

大將軍和小泥鰍並肩沿着山道往上走。

阿獅來到這陌生的地方，顯得也很拘束，偎着小泥鰍的高筒靴，慢慢踱方步。

越往上走，樹林越密，山道也越窄。兩旁除了白果樹之外，長滿了高大的松樹和一叢一叢的青竹。

兩人誰也不說話，摸索着往上攀。四周靜悄悄的，只聽得見腳下踏到山草、枝葉的「沙沙」聲。

「嘩⋯⋯」

山風颳來，松濤聲由遠到近，再由近到遠，慢慢地消失。樹葉上的水珠紛紛落下來，掉進脖子裏，叫人忍不住直打寒噤。

抬頭往高處看看，樹影搖曳，就像一羣羣青面獠牙的魔鬼，張開手臂，正向下撲來。

小泥鰍嚇得眼睛不再敢往四面亂瞧，光是盯着面盆大小的白濛濛的電筒光圈。

「哈……哈……」

頭頂上突然爆發出一陣尖厲的怪笑聲，在半夜的深山裏顯得格外恐怖怕人。

「媽呀！」小泥鰍一下子拉住大將軍的手臂，「鬼！鬼！」

阿獅抬起頭，對着樹影叫。

「汪汪，汪……」

大將軍摸着發麻的頭皮，好半天才緩過氣來，他壯了壯膽，用電筒往笑聲發出的樹叢裏照去。

啊！原來是一隻貓頭鷹！牠蹲在一個枝椏上，兩隻圓圓的眼睛忽閃忽閃，發出碧綠碧綠的光。電筒光打擾了牠，牠一縱身，撲棱棱向黑暗裏飛去了，在牠身後，又留下了一串令人汗毛發直的怪笑聲——

「哈……哈……」

「真嚇人！」小泥鰍靠着大將軍，聲音有點發抖。

「是呀！我也嚇了一大跳。」大將軍也摸了摸胸口，「心到現在還猛跳呢。」

「聽說貓頭鷹是益鳥，專門吃老鼠的吧？」

「可能也要吃蛇。」大將軍自作聰明地發揮自己的想像力，「牠的嘴很硬，爪子也一定挺厲害，一下子就能把蛇抓住，啄死。嗯？——說不定附近就有一條蛇呢！」

「真的嗎？」小泥鰍把剛邁出的腿縮了回來。

大將軍沒有回答，只是把電筒往前一照，說：

「路太窄了，你先走。」

小泥鰍不敢往前走，說：

「你先走！你有電筒。」

「不，應該你先走，前面的人安全！」

「安全？！」小泥鰍懷疑大將軍在哄他。

「聽王叔叔說，如果有一條蛇橫在山道上，第一個人走過，牠是來不及咬的，只能盤起身子，昂起頭，作好咬人的準備，」大將軍用手做了一個蛇昂起頭的姿勢，「等第二個人一

到，牠就躥上來猛一口！」

噢，原來是這麼一回事，怪不得大將軍要讓自己先走。多好的夥伴啊！小泥鰍感動得一句話也說不出來，要是我自己先顧自己，把危險留給大將軍，不是太可恥了嗎？說也奇怪，這時他一點也不感到害怕了。

「那麼，」小泥鰍後退了一大步，「還是你先走吧，我穿着高筒靴呢。」

「不！你先走！」

「不！」

「不！」

一對好朋友，為先走後走的問題，發生了爭吵，誰也不讓誰。

在魚尾島上，小泥鰍壓死了一條蛇，被大將軍罵了一句，他自知理虧，沒有還嘴。這一次，他說甚麼也不讓步了。

「我，我還有一個妹妹呢！」小泥鰍突然想出了一條最有說服力的理由，他覺得完全可以「駁倒」大將軍，「你，獨生

子！要是你被毒蛇咬了怎麼辦？你媽媽剛才還哭來着！」

大將軍好像受到了最大的侮辱，打雷一樣說：

「這和獨生子有甚麼關係？我比你大一歲，我應當照顧你！」

小泥鰍聲音也不低：

「大一歲？我們都是四年一班的，一樣大！」

「一樣大？」大將軍擺出了更足的理由，「哼！我是大將軍，你是參謀長，我比你大！現在，我命令你先走！」

「這……」小泥鰍一下找不到詞了。

大將軍又進一步「威嚇」他：

「要是你不服從命令聽指揮，好，我們乾脆，散夥！」

這時，阿獅在一邊等得不耐煩了。牠直起身子，前腳搭在小泥鰍的腰裏，嘴裏咕嚕嚕咕嚕嚕，好像在勸他們別再吵似的。

小泥鰍摸着阿獅的頭，忽然想到，為甚麼不叫阿獅走在前頭呢？阿獅的鼻子、眼睛最靈了，要是有蛇橫在道上，牠一定

會先發現的；再說，就是沒看見吧，我跟着阿獅，大將軍就不會有危險啦！

想到這兒，小泥鰍暗暗為自己的主意自豪：誰說我小泥鰍做事拿不定主意呢？現在開始，這個毛病已經改好啦！他接過大將軍的電筒說：

「好！好！我服從命令，我先走。」

說完，又對阿獅下命令：

「咻！咻！走！」

阿獅蹦跳着往前走去了。

山林陰森森的，「嘩、嘩」的松濤聲在頭頂上滾過，接下來就是一片沉靜，靜得只聽見自己的呼吸聲……

11. 啊 ―― 竹葉青

四周黑咕隆咚的，大將軍和小泥鰍憑腳下的感覺，知道已經是翻過一個小山包，來到山谷裏了。抬頭望望，兩面像兩堵高高的圍牆，頭頂上一塊烏藍藍的天空，只有幾顆星星閃着淡黃色的光。

一路上，他倆沒有發現一個山洞，但是，又不敢在野地裏生篝火。樹林子裏是不准生火的，要是不小心發生了火災，那不得了！唉，這麼大的山連一個山洞也找不到，真叫人掃興。唉，倒霉！總不見得用魚叉掘一個山洞進去烤火，再用夾子去夾一隻野兔子來當飯吃呀！

寂靜和黑暗籠罩着山谷，壓迫得人透不過氣來。

突然，大將軍驚喜地說：

「聽！你聽！有水聲！」

小泥鰍屏住氣，側着頭，仔細地傾聽：

「叮咚，叮咚，叮咚……」清脆的泉水聲，像彈琴一樣好聽。

「真的！真的！」小泥鰍驚喜地叫起來，「我也聽見了！」

這時候，有幾口泉水喝喝，解解乏也是好的啊！大將軍和小泥鰍循着水聲找過去。

找到啦！山巖上，有一股泉水，叮咚、叮咚往下跳，匯成一道小溪，順着山溝向遠處淌去。兩人捧起甜津津的泉水，喝了個舒暢。

小泥鰍滿意地抹抹嘴，舉起手電筒順着泉水往山崗上照。忽然，他像哥倫布發現新大陸一樣驚叫起來：

「看！你看！山洞，一個山洞！」

大將軍抬頭一看，在白亮亮的電筒光圈裏，真有一個烏黑的洞口。洞口就在山泉的左邊，離頭頂不過三層樓那麼高。

那裏有一叢綠竹，被風颳倒了，斜擋在洞前。

他們飛快地爬到了洞口。只見右邊的石壁上，雕刻着「翠珠洞」三個大字，上面的巖石上，也有一股細細的泉水，像珍珠一樣，成串成串往下滴，閃着綠幽幽的光，好看極了。怪不得叫翠珠洞呢！

大將軍沒有興致細細欣賞，一頭就要往裏鑽。

小泥鰍一把拉住他：

「慢！說不定有一隻狼或者一隻野豬……」

聽他這麼一說，大將軍倒也不敢一下子往裏鑽了。是啊，要真有一隻狼甚麼的，可不是鬧着玩的。

大將軍彎腰撿起一塊石子，猛地朝洞裏擲去，聽有沒有反應。

「咯咯咯……」只有石子的滾動聲。

小泥鰍也使出了最「拿手」的老辦法，對着阿獅「咻、咻」兩聲，阿獅搖着尾巴勇敢地進洞偵察情況去了。

好！阿獅也沒有叫，說明洞裏是安全的！

小泥鰍和大將軍這才一左一右往洞裏走。真討厭！幾株斜橫的竹枝擋住了洞口，得彎下腰才能鑽進去。小泥鰍伸出空着的左手，去推開竹枝。

突然，小泥鰍覺得小拇指被甚麼東西狠狠地咬了一下！

「媽呀！」小泥鰍像被開水燙了一下，「倏」地把手往回抽。

竹枝沙沙搖動着，一樣不知甚麼東西，隨着小泥鰍手抽回來的方向「撲」地掉落在腳邊。

小泥鰍轉過電筒一照，腳不由自主地跳起來，驚恐地叫着：

「蛇！一條蛇！」

大將軍眼明手快，伸出魚叉就是一下，蛇被叉住了。

看清楚了！在電筒光圈裏，一條不滿一尺長的小蛇，扭動着細小的身子，拼命地在掙扎。牠的顏色碧綠碧綠，跟竹葉子一模一樣。牠回過頭來，張大着嘴，還想咬人呢！

「啊 —— 竹葉青！」

大將軍驚呼一聲，呆住了。

——聽大鬍子叔叔說，被「竹葉青」咬的人，過不了半個小時就會死去的呀！

「竹葉青？」

小泥鰍也呆住了。

一股復仇的怒火從他的心裏升起來，他不知哪來的勇氣，雙手捧起一塊石頭，對着小蛇猛砸：

「叫你咬！叫你咬！」

小蛇很快變成了一灘肉醬。

小蛇死了，怒火和勇氣也隨着消失了，恐懼、害怕一下子籠罩了小泥鰍的心。他捂住左手的小拇指，傷心地哭了：

「嗚⋯⋯我被竹葉青咬了⋯⋯嗚嗚⋯⋯」

大將軍抓過小泥鰍的手一瞧。真的！小拇指下面，有兩條彎彎的、細細的牙痕，已經開始有點發腫了！

糟透了！他的腦袋瓜兒「嗡」的一下，緊張得血液都快凝住了，連心臟也似乎停止了跳動。

昨天，在老榆樹下，當大將軍幫小泥鰍「補課」的時候，

他肚子裏有的是治蛇咬的辦法，可是，現在，他一點辦法也沒有了。這能怪他像小泥鰍一樣遇事拿不定主意嗎？不能呀，他終究只有十三歲，還只是一個小孩子，再說，又是遇到了這樣突如其來的意外事！

「不……不要緊的，別……哭，哭……」

大將軍使勁地抓住小泥鰍的手臂，話也說不清了，說着說着，他也陪着哭起來了。

「我要死了……」小泥鰍哭得更傷心了，「半個鐘頭，嗚……就死了……」

大將軍從慌亂中猛醒過來！再不能哭了！他蹲下身子，說：

「快！我背你，上醫院。」

小泥鰍扭動着身體，掙扎着不肯往大將軍背上靠：

「我不去……半夜了……嗚……來不及了……」

大將軍又沒了主意。是呀，醫院在哪兒？現在半夜了，路上黑咕隆咚的，甚麼時候能找到醫院？大將軍蹲下身子，一拳

頭狠狠地砸在地上。唉！都怪自己不好！要不是自己想出甚麼「軍事計劃」，說啥也不會出來追大王蛇了；要不是自己堅持躲在廟裏，說啥也不會漂到這老遠的翠屏山來了。竹葉青要是咬了我自己，死了也沒話說，可是，偏偏咬了小泥鰍！唉，怎麼辦呢？要是大鬍子王叔叔在這兒，那有多好啊……

一想到王叔叔，大將軍紛亂的思緒理出了一個頭，他記起了王叔叔說過的急救方法——把蛇毒吸出來！但吸蛇毒嘴裏得含口燒酒，現在哪裏去找燒酒呢？不管有沒有燒酒，也得試一試！現在，只有這一條路了！

大將軍打定主意，扶着小泥鰍走進了翠珠洞。他以最快的速度生起了一堆篝火。他心裏明白，小泥鰍的生命安危，現在就繫在自己的身上了！

鮮紅的火苗跳躍着，照着大將軍圓圓、焦急的臉，照着小泥鰍滿是淚珠、傷心的臉，也照着渾身雪白的捲毛狗阿獅……

12. 遺囑

大將軍脫下小褂子，撕下一根布條。

小泥鰍按住小拇指，吃驚地問：

「你幹啥？」

「搶救！」

大將軍不管小泥鰍願意不願意，三纏兩繞，把他的手腕緊緊紮住了。接着，抓起他的手，就往嘴裏送。

小泥鰍拼命掙扎：

「你，你要幹甚麼？」小泥鰍很快明白了，「不，不能，你不能！」

「把毒汁吸出來就好啦！」

「不行！酒，沒有酒！」小泥鰍把手藏到身後，死也不讓大將軍吸蛇毒，「你也要中毒的！」

自己已經中毒了，還能再害了大將軍嗎？是的，自己的生命最多只剩下半個鐘頭，說不定只剩下二十幾分鐘了，不能再帶累別人了！剛才，小泥鰍痛痛快快地哭了一陣，現在反倒平靜下來了。好多好多奇怪的問題，湧到了自己的頭腦子裏——人死的時候是甚麼滋味呢？死了之後，真的再也不知道甚麼了嗎？

能待在這個世界上的時間越來越短了，自己在這麼短的時間裏還能做些甚麼呢？小泥鰍又想到，老年人臨死的時候，都有「遺囑」，現在自己好歹也應該說幾句「遺囑」呀！

小泥鰍覺得，「遺囑」應該說得越「精煉」越好。這樣，才顯得壯烈一點，才像一個英雄的樣子。自己決不能再哭了，當然更不能再害了別人，不然的話，以後要是讓小夥伴們知道，原來小泥鰍在臨死的時候哭哭啼啼的，還害得大將軍也中了毒，那多不好呀！

可是，小泥鰍又拿不定主意了——「遺囑」究竟說點甚麼呢？小泥鰍的手放在身後，心裏盤算着。此刻，他連疼痛和恐懼也忘掉了。

大將軍更焦急了，他使勁地「搶」着小泥鰍的手。

小泥鰍乾脆將手掌壓在屁股下面，莊嚴地說：

「我反正要死了，不能害你。現在，我要立『遺囑』了，請你把我最後的幾句話記住吧！」

看到小泥鰍這異常平靜的神情，大將軍倒一下被怔住了。

「我要死了。我最最後悔的，是闖了禍，弄逃了大王蛇，影響王叔叔他們搞科研。你一定要幫我捉住大王蛇，賠給叔叔……」

大將軍嚴肅地點了點頭。

小泥鰍又說：

「我後悔，過去對小春太不好，搶她的魚湯喝，今天早晨又偷了她四塊蛋糕。我在班級『小銀行』裏還有三角六分錢，

你買了蛋糕還給她；還有，我的一盒水彩也交給她，我在電報裏說過的，不能騙她。」

大將軍又認真地點了點頭，好朋友的最後幾句話，說甚麼也要牢牢記住，幫他辦好。

「還有，李老師有一次批評我，我在心裏偷偷地給老師起了個綽號，儘管我沒敢告訴別人，但你要代我向她坦白、認錯。還有，我不應該為了一塊橡皮，和小猴吵架⋯⋯」

小泥鰍本來想「遺囑」得精煉一點，可是，要說的話太多了，就像洞外面的泉水一樣，沒完沒了地湧出來，恐怕連一個鐘點也說不完的！他覺得很不好意思——這哪兒像一個英雄的遺囑呢，全是些雞毛蒜皮的小事兒，一點也不「精煉」，更談不上「壯烈」了。他不由得閉上了嘴。

捲毛狗阿獅這時彷彿也知道牠的小主人要「犧牲」了，難過得「嗚嗚」地叫着，偎在小泥鰍的懷裏，又伸出那毛茸茸的鼻子去吻小泥鰍的臉蛋。

小泥鰍不再批評阿獅這個「壞習慣」了，親熱地摸着牠的

頭，對大將軍說：

「我死了之後，阿獅就送給你了，你要好好養牠。就把牠當成你的好朋友……」

小泥鰍說着說着，心酸得不行，聲音哽住了，眼淚滴滴答答地落在阿獅的身上。

大將軍也忍不住傷心地哽咽着說：

「你，你不能死，不能死……」

沒說完，他像發瘋一樣，狠狠地一把拉起小泥鰍的手，把小手指放進嘴裏，拼命地吮吸。

小泥鰍沒防他這一下，再掙扎也沒有用。大將軍的力氣太大了，他掙不脫。

「快！快吐掉！」

小泥鰍只是尖聲地叫喊。

大將軍鬆了口，想把唾液吐在地上，可是，甚麼也沒吐出來——在兩人扭動的時候，不小心把一大口唾液都嚥到肚子裏去了！

兩人又一次同時驚呆了！

小泥鰍急得連聲責怪大將軍：

「叫你不要吸，你偏要吸！現在好，全完了。」

「完就完。」大將軍心裏反倒舒坦些了，「要活一起活，要死一起死。」

「大家都死了，我的遺囑白說啦。」

「甚麼遺囑，那就算啦！」

「人家都有遺囑，就我們沒……」

「沒拉倒！」

兩人你一句我一句地爭論起來，好像並不是在臨「犧牲」之前的最後幾分鐘，而是平常在課堂裏為做值日生的事吵架一樣。

「沒拉倒？我說的大王蛇誰去捉？」

「這……」

一提到大王蛇，大將軍一時找不到話再來回答小泥鰍。現在，後悔也遲了，就要死了，再去捉蛇也來不及了！

「唉！」大將軍心事重重的，感到對不起小泥鰍，「別說了，我們沒時間了。」他說完，一下子朝天躺在地上。

小泥鰍也沉重地躺下了，和他肩並着肩。

巖洞裏靜極了，只聽得見樹柴燃燒時的「嗶嗶剝剝」的聲響。

這時，原先的幾個奇怪的問題又悄悄地爬上了小泥鰍的心頭。他又忍不住問道：

「大將軍，人死了之後，真的甚麼也不知道了嗎？」

「誰知道。」大將軍眼睛呆呆地望着頭頂上的巖石，那兒有幾顆水珠，亮晶晶的，滴答滴答往下掉，「人死了，就像水珠掉在地上那樣吧，甚麼也沒有了。」

小泥鰍十分佩服大將軍的這個見解，又追問了一下：

「那臨死前的幾分鐘，到底是甚麼滋味呢？」

「書上都說，人死的時候，總是痛苦的吧？不過，我現在好像一點也不痛苦，我只覺得過去好像白活了，唉！」

「是啊！過去的日子太短了。」小泥鰍完全同意大將軍的

見解，「要是像童話裏說的那樣，人死了又能再活一次，那多好啊。」

真的，要是能再活第二次多好啊！那一定不再浪費一分一秒的時間，不再去做那些說來可笑的蠢事了，也一定不去惹老師和爸爸媽媽生氣了。他們對我們多好啊，多麼愛我們啊！可是，這一切都將失去了……

「可是，我們現在不是在童話裏。」大將軍歎了口氣說。

「要是你能再活第二次，」小泥鰍問大將軍，「你第一件事做甚麼呢？」

「要真是那樣的話，我第一件要做的事，就是捉大王蛇！非把牠捉住不可！」

「是啊，我也是這樣想的。接下來我……」

大將軍截斷了小泥鰍的話，說：

「接下來我就和夥伴們一起踏進教室認認真真地上一堂課，到青石灘的船肚下好好地玩一次捉迷藏，再在青陽湖裏痛痛快快地游個泳……」大將軍充滿感情地說，「學校太可愛

了，漁村太可愛了，青陽湖太可愛了，我真後悔沒有很好地再看它們一眼！」

大將軍的話感染了小泥鰍。他傷心地說：

「唉！我們再也見不到老師、同學、爸爸、媽媽和奶奶了……他們現在在幹甚麼呢？他們一定在找我們，說不定媽媽、奶奶、小春她們都在哭……」

「是的，我媽媽也一定在找我，在哭，她就我一個兒子……原來我想好，待媽媽老了，我一定好好服侍她……可，

可，我要死了，只剩下媽媽孤苦伶仃的一個人了……媽媽！」

兩人你一言，我一語，說着說着，淚水都湧了出來，他們都忍住，不讓自己哭出聲來，並都悄悄地把頭偏到一邊去，不讓夥伴看到自己的眼睛。

兩人不再說話，靜靜地等待着自己生命的時鐘慢慢地停下……

世界是那麼靜！時間老人也好像停住了腳步，站在那兒不動了。

半個鐘頭該到了吧？

大將軍輕輕地推了一下小泥鰍：

「小泥鰍！」

「嗯！」小泥鰍的頭動了一下。

「你死了嗎？」

「沒有呢，你呢？」

「也沒有。」

小泥鰍又問：

「奇怪，怎麼還不死呢？」

「可能是毒汁還沒流到心裏。你覺得怎麼樣，心裏悶嗎？」

「心裏倒還好，就是眼皮重得睜不開。」

「我也是，眼皮重，頭也覺得有點昏。」

這還用多想嗎？所有這一切，都證明自己中毒已經很深，生命快完結了。他倆靜靜地躺着，都覺得自己正在慢慢地、慢慢地昏過去，昏過去……

13. 不能白白等死

小泥鰍正迷迷糊糊地躺着，忽然，他聽到巖洞外傳來了一陣「索、索」的響聲。

甚麼聲音？他用最後的力氣掙扎着坐起來，向洞外望去，只見兩隻綠幽幽的小燈籠慢慢地向洞口逼近、逼近。進來了，進來啦！

是鬼，一定是小鬼來勾魂了！

小泥鰍曾經聽奶奶講過，一個人的壽命到頭了，閻羅王就把你的名字從「生死簿」上劃去，然後派兩個小鬼打着燈籠來勾魂，這樣人就死了。

小泥鰍嚇得渾身發抖，閉上了眼睛，等待小鬼來抓走

他，可是等了半天，沒有動靜。他又想，該不是剛才看到的一隻貓頭鷹來了吧？他壯着膽子睜開眼一看。

啊！不是鬼，也不是貓頭鷹，原來又是一條蛇！

這條蛇好大呀，和小腿肚差不多粗細，起碼有三四米長，牠的兩眼發着綠光，一呼氣，把那堆篝火吹滅了，頭上「大王」兩字，在黑暗裏一閃一閃地發光。

小泥鰍不知哪兒來了一股力氣，一個鯉魚打挺跳起來，對躺着的大將軍喊道：

「快！快抓大王蛇！」

那大王蛇兇狠地飛竄過來，一下纏住了小泥鰍的脖子。小泥鰍感到憋得慌，一句話也喊不出來了。

幸好，這時大將軍被驚醒了，他一手抓起魚叉，就向大王蛇撲過來。

大王蛇一看苗頭不對，捨下小泥鰍，向洞口竄出去。

小泥鰍和大將軍追出洞口，只見大王蛇一下子騰空飛竄到了山谷裏。

大將軍大吼一聲，一縱身跳下了山崗。小泥鰍跟在後面猛追。大概是一天一夜太累的緣故吧，小泥鰍覺得自己好像穿着一雙鐵皮做的高筒靴，重得跑也跑不動，總是離大將軍一二十米遠。

大王蛇遊得飛快，一下子越過了小山包。大將軍緊追不放，嘴裏高聲叫着：

「快！小泥鰍，加快些，別再讓牠跑了！」

大王蛇又一次竄起來，飛進了青陽湖，湖水一下子白浪翻滾，就像颳起了大風暴一樣。

大將軍「騰」的一聲，蹦起五尺多高，飛到一棵高高的白果樹上，又「呼」的一聲，吊着樹枝，彈出幾丈遠，「通」地跳進了浪濤中。小泥鰍在後面看呆了，沒想到大將軍還有這麼大的本領，跟鬧海的哪吒一樣！

大王蛇游得飛快，拼命逃着。大將軍游得更快，像閃電一樣，很快就游到大王蛇的前面去了。他一面踩着水，一面回轉身，舉起魚叉就向大王蛇刺去。

小泥鰍急了，在岸邊高喊：

「當心！別刺死了，抓活的！」

大王蛇看到魚叉向牠刺來，突然回過頭，向岸邊游來了。

大將軍在後面叫：「截住牠！小泥鰍，截住牠！」

小泥鰍對着那遊過來的大王蛇，暗暗說：「哼！我反正要死了，還怕你嗎？」他一下子撲上去，騎在蛇身上，雙手緊緊地掐住了牠的脖子，「叫你逃！叫你逃！」

大將軍也趕上來啦。他用帶子勒住了蛇嘴，再用竹簍套住蛇頭。大王蛇只好乖乖地當了他們的俘虜。

這一下，那股高興勁就別提啦！他倆笑着跳着，把大王蛇扛上了小划子。

⋯⋯

說也奇怪，三十來里水路，近得和幾步路一樣，還沒划上勁來，船已經到了青陽漁村了。

這時，村前的湖灘邊熱鬧極了，比所有的漁船豐收歸來還熱鬧。

金桂來了，阿毛來了，小春來了，小猴、小胖也來了，村上的小夥伴們全來了。

奶奶來了，大鬍子王叔叔來了，爸爸媽媽也來了，村上的大人幾乎都來了。

當小泥鰍和大將軍扛着那條大王蛇走上湖岸的時候，孩子們驚叫起來：「呀呀，好大的蛇！」都用羨慕的眼光瞧着他倆，豎着大拇指，嘖嘖地稱讚。當然，小泥鰍和大將軍裝作甚麼也沒聽見，甚麼也沒看見，一本正經往前走，心裏那個得意勁就別提了。

他倆把大王蛇扛到帳篷前，小泥鰍對王叔叔行了一個禮，說：

「叔叔，我，逃了一條小的大王蛇，現在，賠一條大的。」

「哈……」王叔叔摸着他倆的頭，說，「好，好！逃了小的賠大的，為藥物研究立了大功，立了大功！」

小泥鰍難為情地低下了頭。不管怎麼說，往人家帳篷裏亂闖，總是一個錯誤呀！

王叔叔一點也沒批評他，反而建議立即在湖灘邊召開「慶功大會」。

說開就開，好像他們早就準備好了似的，金桂一下子取出兩朵大紅花，給他倆戴在胸前，還要求小泥鰍介紹介紹捕捉大王蛇的經過。

小泥鰍被大夥兒推到前面，還沒開始發言，突然，那條大王蛇又逃了出來，又一下子飛到了小泥鰍的脖子上，緊緊地纏住他，纏住他，纏得他透不過氣來。他抓住蛇身，拼命地往外推，可是怎麼也推不開⋯⋯

小泥鰍給憋醒了，他發現，大將軍的一條手臂正擱在自己脖子上——並不是甚麼「大王蛇」纏住他的脖子。唉，鬧了半天，原來做了一個夢！

這時，洞裏的篝火已經熄滅了。洞外，似乎比剛才亮了一些，透進來一點淡淡的光。

小泥鰍猛然想起被蛇咬的事。奇怪，自己怎麼到現在還活着呢？看看大將軍，躺在一邊動也不動，噢，他嚥下了毒

血，說不定真的死了。

小泥鰍使勁地推着大將軍的身子：

「大將軍！大將軍！」

「啊？！」

大將軍沒有死，他驚醒了，望着小泥鰍，說：

「怎麼，你沒死嗎？」

「沒有。」

大將軍抹了一下眼睛：

「哎呀，我剛才做了一個可怕的夢。我夢見一條比樹幹還粗的竹葉青，把你一口吞了下去。我急出一身冷汗，和牠鬥了好半天，好容易才把牠打死，剛想剖開蛇肚子，把你救出來，正好被你叫醒了。我還以為你肯定完了呢！」

小泥鰍也把自己的夢講了一遍。

末了，他倆都感到奇怪，真的，都睡了這麼老長的一覺，為甚麼到現在還不死呢？

要不，是那條蛇不是竹葉青？不，不會的。明明看得清清

楚楚，那條小蛇渾身上下碧綠碧綠，和王叔叔帳篷裏的竹葉青一模一樣。

噢！要麼就是那條蛇太小，蛇毒本來就少，再說，這些蛇毒現在又分到了兩個人的身上，一下子就死不了囉！以前也聽說過，有個人被「禿灰蛇」咬了，直到第三天上午才死。

對了，一定是這個道理。

大將軍和小泥鰍分析了半天，一致肯定，自己還可以活上一段時間，當然，不知道是半天，還是一天。

小泥鰍又想到了夢裏捉蛇的事。嘿！我小泥鰍做事再也不會拿不定主意了！爭取在臨死前把大王蛇捉住！他站起身來，說：

「別再躺了，不能白白等死，捉大王蛇去。」

「對啊！對啊！為甚麼要白白等死呢！」大將軍也激動了起來，還擺出了幾條不能白白等死的理由，「電影裏的解放軍叔叔，都是到了完成任務再犧牲的。比如黃繼光，受了重傷，直到撲住敵人的機槍口，再犧牲……」

大將軍越說越來勁，恨不得一伸手就抓住一條大王蛇：

「走！馬上出發！抓住大王蛇再死！」

「對！馬上出發！抓住大王蛇再死！」

捲毛狗接到命令，縱身跳起來，頭一個竄出翠珠洞，擔任他們的「開路先鋒」！

14. 痛苦的離別

遠處隱隱地傳來了公雞報曉的聲音，天快黎明了吧？可是山裏反倒暗起來了，剛才天空中還有一點點亮光，現在退去了，連星星也閉上了眼睛。這也許就是老師在課堂上說的「黎明前的黑暗」吧？

大將軍和小泥鰍出了翠珠洞，沿着小溪往前走。

忽然，阿獅不安地豎起耳朵，「汪汪」地叫了起來。

一定有甚麼情況吧？兩人停住了腳步。大將軍用手電朝四周照了一陣，可是，卻甚麼也沒發現。

真是亂彈琴！

小泥鰍喝停阿獅，繼續往前走。沒走幾步，阿獅不肯再

往前走了，仍然回過頭來對着後面吠叫。

現在可以肯定了！一定有甚麼東西在後面緊緊跟着他們，不然，阿獅絕不會這樣一再亂叫的。大將軍撳滅電筒，拉着小泥鰍假裝往前走，一面偷偷回頭向後瞟。

看見了！在他們身後一二十米的地方，有一個黑影往邊上一閃，躲到樹後去了。

大將軍和小泥鰍停住不動，那個黑影也不動；他們往前走，那個黑影也往前走。

阿獅不斷地回頭吼叫着。

奇怪！是誰？

兩人不由得倒吸了一口涼氣。

「像是個人！」大將軍輕輕對小泥鰍說。

「真是人嗎？」小泥鰍覺得不寒而慄。想想吧，在這陰森森的山路上，有一個黑影悄無聲息地跟着，這，這……

「說不定是壞人！」大將軍判斷說，「要不，為甚麼半夜三更進山，還偷偷摸摸的？」

「怎，怎麼辦？」

「乾脆！」大將軍說，「回頭去，捉住他。」

「壞人可有武器的！」

「怕甚麼？我們是兩個人，有魚叉，還有阿獅幫忙。」大將軍說，「反正我們遲早就要死了，沒有捉到大王蛇，捉住個壞人，也上算！」

對呀，反正要死了，還怕甚麼？小泥鰍不再猶疑害怕，勇氣升上來了：「走！回去！阿獅！衝！」

阿獅接受了命令，一馬當先，向黑影衝過去。

大將軍和小泥鰍打着手電筒，一路小跑，跟着阿獅衝鋒。

那個躲躲閃閃的「壞人」，並沒有像電影裏的特務那樣朝他們開槍，也沒有拼命地逃跑，相反，倒像變魔術一樣地突然點亮了一盞風燈，迎着他們走了上來。

「誰？」大將軍高聲問話。問過後，他有點後悔，感到沒有說「口令」或者「繳槍不殺」來得帶勁——電影裏都是這樣的。

「哈……」那人並沒有回答，而是舉起了手裏的風燈，「原來是兩個毛孩子。」

一聽這沙啞渾厚的聲音，就知道他是個老人。在燈光裏，他倆看到，這老人身材高大，背稍微有點彎，滿頭銀髮，一臉白鬍子，連嘴巴也遮住了。

「深更半夜的，小孩子家，闖到山裏來幹啥？」那老人問。

大將軍鬆了口氣，但還是保持着警惕，反問道：

「你是幹甚麼的？」

小泥鰍在一旁尖着嗓子幫腔：

「你是不是壞人？」

「汪、汪、汪……」阿獅也好像在追問着他。

「哈……」老人仰起頭笑了，一隻手還摸着長長的鬍子，「我是壞人？我還當你們是壞人呢！」

「我們是好人！」小泥鰍馬上聲明，「我們是捉大王蛇來的！」

「捉大王蛇？」老人有些驚奇，摸着小泥鰍的頭說，「這

麼說來，我們倒有點是同行嘍！」

大將軍和小泥鰍驚喜極了，異口同聲地問：

「你也是捉大王蛇的？」

「不全是。」白鬍子老人說，「我嘛，是看守山林的。晚上，就點個燈，在山裏轉轉，順便嘛，就採點中草藥，捉幾條蛇 —— 蛇也是藥嘛！」

老人說着，又笑呵呵地拎起腳邊的一個大竹簍子：

「這不，我剛才還捉了幾條蛇呢，天亮之後，就賣到中藥店去！」

小泥鰍剛想再說甚麼，大將軍搶着問：

「老爺爺，你會治蛇咬嗎？」

「怎麼？你們誰被蛇咬了？」老人一驚。

「他，被竹葉青咬了一口，」大將軍說，「我也把蛇毒吸進肚子裏去了。」

「糟了，糟了！」老人着急起來，問，「甚麼時候咬的？」

「不知道，大概上半夜。」小泥鰍說，「就在翠珠洞口。」

「上半夜？」老人似乎鬆了一口氣，「大概是無毒蛇咬的囉！」

「肯定是竹葉青！我們還把牠抓住打死了呢！」

「竹葉青咬了，恐怕沒這麼太平吧！」老人說，「來，傷口在哪兒，讓我瞧瞧。」

小泥鰍伸出左手。老人瞇起眼睛，看了一會兒。

「不要緊，不要緊，一定是翠青蛇咬的。」老人一邊說，一邊把小泥鰍手腕上的布條解開。

「翠青蛇？」小泥鰍從來沒聽見過這種蛇。大將軍這才猛地想起，大鬍子王叔叔好像是說過的，有一種翠青蛇，和竹葉青差不多。

白鬍子老人說：

「我們這山上，有一種蛇，叫翠青蛇，牠和竹葉青長得很相像，粗看分不出來，仔細瞧瞧就大不一樣囉。」

大將軍驚奇地問：

「怎麼不一樣？我一點也看不出來。」

「竹葉青是毒蛇。牠的頭，和其他毒蛇都一樣，三角形的。牠的尾巴呢，很特別，像燒焦的一樣。翠青蛇沒毒，牠的頭像蠶繭，叫啥來着？對，叫橢圓形的。尾巴不焦，是綠的。再說，牠們咬人的傷口也不一樣。竹葉青咬人有兩隻毒牙痕特別深。你這手指上，牙痕又小又密，現在快看不清了，那一定是翠青蛇咬的囉！」

白鬍子老爺爺肚子裏的知識多豐富啊，和大鬍子王叔叔一個樣！一段話，使小夥伴倆都聽得出了神。唉，上半夜受了一場驚嚇，原來都是因為自己沒有知識，現在想想臉都紅了，幸虧老爺爺暗地裏看不清，不然，真難為情。

這時，白鬍子老爺爺熱情地說：

「你倆大概一夜沒睡了吧？走，到我看山的小屋裏坐坐，就在靠青陽湖那邊的山坡上。」

大將軍和小泥鰍聽這話，想起昨晚在湖裏看到的燈光，那一定是老爺爺點的了。

老爺爺又說：

「再不要亂跑囉！要真被竹葉青咬了，多危險！」

「不！我們一定要把大王蛇捉到手！」大將軍堅決地回答。

「看看，說了半天，我還沒問清楚哪！」老爺爺說，「你們從哪來的？為啥光捉大王蛇呀？」

大將軍和小泥鰍你一言，我一語，一五一十，把甚麼都講給了老爺爺聽，連自己的外號也沒忘了告訴他。

「原來是為了賠蛇。」老爺爺捋了一把鬍子，仰頭笑着說，「要得！要得！有志氣的孩子！不過，算你們走運，我正巧捉到一條大王蛇，就送給你們吧！」

「真的？」小泥鰍高興得快要跳上了天，「快拿出來，快拿出來！」

老爺爺笑呵呵地彎腰打開竹簍子。

大將軍輕輕地把小泥鰍拉到一邊，悄悄地說：

「看你高興的！我們不能要！」

「為甚麼？」

「你想想，老爺爺捉蛇是要賣錢的。我們白拿了老爺爺的

蛇，再去賠給王叔叔，有啥意思？再說，讓同學們知道，不刮臉皮才怪呢！」

「那我們出錢買下來。」

「錢呢？一分也沒帶！」

「那，那我們用東西跟他換！」

「這也好。」大將軍點點頭說，「反正，我們不能白佔老爺爺的便宜。」

可是，拿甚麼東西跟老爺爺去換呢？魚叉？高筒靴？鋼精鍋？都不行啊！小夥伴倆在一邊光是搔腦袋，想不出好辦法。

「你們在嘀咕點啥呀？」白鬍子老爺爺手裏抓起一條三尺多長的蛇，又說，「拿去吧。」

小泥鰍看得再清楚也沒有了，這條蛇，頭上確確實實有「大王」兩個字。這一回，再不是假的了。他多麼想伸出小竹簍，把蛇裝在裏邊啊！可是，不能白要！

「怎麼啦？」老爺爺奇怪地看着他倆，「快裝好吧！大王

蛇在這兒是不多見的，不像青肖蛇甚麼的，不稀奇。」

「老爺爺，我們不要了。」大將軍代表兩人回答。

「為啥呀？」白鬍子老爺爺驚奇得眼睛都睜大了。

小泥鰍說：

「我們不能白拿別人的東西。」

「哈……甚麼別人別人，沒關係！」老人笑得比甚麼時候都響，「隔了湖是兩家，過了湖就是一家子了。來，拿去。」

老人說着就拎過小泥鰍的竹簍子，把蛇往裏塞。

這時，好久沒有出聲的阿獅「汪汪，汪汪」地叫了起來，好像在說：「別裝，別裝！」──哈，阿獅也反對白拿別人的東西呢。

看着阿獅，小泥鰍的心一下亮起來了！對，為甚麼不用阿獅跟大王蛇交換呢？動物換動物，準合適，再說，山裏人養條狗，一定用得着！

小泥鰍想到這兒，一下把小竹簍搶過來藏到身後說：

「白拿，我們不要！要麼跟你交換！」

「喲，還交換呢！」白鬍子老爺爺蠻有興趣地側着頭問，「換點啥好東西呀？」

「阿獅換大王蛇！」

「甚麼阿獅呀？」

「就是這條捲毛狗！」

「哈……算了，算了！」老人又大笑起來，「我可甚麼也不要。」

「你不要，我們也不要！」小泥鰍不再是拿不定主意的人啦！

「對！大家不要！」這回輪到大將軍在一旁幫腔了，「我們自己去捉！」

白鬍子老爺爺想了一想，又眨眨眼睛，說：

「好！好！好！換就換！」

「不准反悔！」大將軍高興得忘了自己是個「軍人」，說，「勾勾指頭！」

「好！好！好！我甚麼都依！」

大將軍和小泥鰍一左一右，勾住老爺爺的兩個小拇指。老

爺爺笑得眼睛瞇成一條線，銀白的鬍子在微微抖動。

現在，大王蛇終於裝到小泥鰍他們的竹簍子裏去了！

小泥鰍簡直不敢相信眼前發生的是真的，他還以為又在做夢哩！可他咬咬舌頭，疼疼的！又捧起小竹簍搖一搖，裏面唰唰響，大王蛇是在裏面！這不是做夢！他放心了，他甜甜地笑了。

大將軍在一邊也樂得合不上嘴，整整兩夜一天，遇到了多少困難和危險，不是全為了這條大王蛇嗎？現在，大王蛇到手了，「軍事計劃」就勝利完成啦！這能不叫人高興嗎？

小泥鰍把小竹簍遞給大將軍，彎下腰，抱起阿獅，交給白鬍子老爺爺：

「給！」

老爺爺把阿獅抱在懷裏，瞇着眼看看：

「嗯！渾身雪白，可是條好狗哇！」

阿獅回過頭來，舔着小泥鰍的手，好像捨不得離開。

「我們走！」小泥鰍咬咬牙，抽回雙手，對大將軍說，

「回去吧！」

阿獅在老爺爺懷裏掙扎着：「汪，汪汪汪！」好像在說：「放，快放我！」

小泥鰍聽見叫聲，又伸出手，摸着阿獅的頭：「乖乖，好好跟着爺爺，他會待你好的⋯⋯」說着說着，他心裏酸溜溜的，眼淚快湧出來了。他連忙回頭就走，像逃跑似的。

「嗚嗚，嗚嗚⋯⋯」阿獅捨不得離開牠親愛的小主人，傷心地「嗚嗚」叫着。

這「嗚嗚」的叫聲，像一根針深深刺進了小泥鰍的心裏。他忍不住又停了下來。就要永遠離開阿獅了，再看上最後一眼吧，不，再去最後摸一下吧！他走到老爺爺面前，又一次摸着阿獅的背。

阿獅啊阿獅，過去，你天天跟着我玩，我天天為你洗澡、理毛。你多麼聽話啊，就在昨天，你還為大將軍的帽子，不顧危險，跳下青陽湖。雖然你前天闖了禍，但我知道你不是有

意的。我是多麼捨不得你啊！唉，不是我狠心，為了賠大王蛇，我只能這樣做！白鬍子老爺爺是個大好人，他不會虧待你的⋯⋯再見了，親愛的阿獅；離別了，親愛的阿獅！小泥鰍心裏真不知有多少話要跟阿獅說，可是，一句話也說不出來，他又想哭了。

白鬍子老爺爺好像聽出了小泥鰍心裏的每一句話，笑呵呵地說：

「你們走吧，走吧，以後仍然會有一條好狗的。」

「老爺爺，你可要真心待牠好呀！熱天，牠喜歡洗澡，你不要忘了弄一盆涼水，還要用木梳幫牠梳梳毛。還有，牠記性很好，會認人，你要是叫甚麼人，只要對牠說一聲，牠會幫助你找來。還有⋯⋯」

大將軍可不喜歡婆婆媽媽的。嘿！你這樣捨不得你的阿獅，給老爺爺都看出來了，多不好意思！要一條狗還不容易？以後再養一條就成了！他拉了一下小泥鰍：

「看你，說個沒完，還要不要去見王叔叔！」

小泥鰍的臉紅了一下，感到這樣是太不好意思了。他背起竹簍子，堅決地告別了老爺爺。

捲毛狗阿獅還在汪汪地叫着。小泥鰍心裏是痛苦的，可是，他再也沒有回頭看一下。

15. 阿獅回來了

新的一天又開始啦！

太陽還沒露出翠屏山，天色已大白了。天空上沒有一朵雲，是那樣乾淨明亮，就像用湖水沖洗過的一樣；空氣清新甜潤，真叫人覺得心情舒暢。樹林裏，各種各樣的鳥兒都放開了歌喉，唱着婉轉動聽的歌兒，像是在歡送這兩位出征回家的小英雄。

青陽湖出現在眼前了！它平靜地依偎在大地母親的懷裏，沒有一絲波浪，像一面潔白潔白的明鏡。

大將軍和小泥鰍走下山坡，找到了小划子。

仔細算一算，他倆已經半天一夜沒吃一點東西了，可是，

他們現在半點兒也不覺得餓！此刻，他們恨不得一下子就划到青陽漁村，找到大鬍子王叔叔，把大王蛇親手交給他。

小划子還沒駛出幾丈遠，他們聽到湖面上傳來了一陣熟悉的、叫人感到親切的響聲：

「啪、啪、啪……」

這響聲，撞到翠屏山上，又回過來鑽到他倆耳朵裏：

「啪、啪、啪……」

「橡皮艇！」小泥鰍眼尖，一下子高興得從船頭上站立起來，「王叔叔的橡皮艇！」

大將軍也興奮得忘記了划船：

「真的！橡皮艇！橡皮艇！」

「王叔叔！王叔叔！」

他倆扯開喉嚨，一股勁地高喊，大將軍脫下破褂子，用手亂揮。今天他們有了大王蛇，再沒有必要像昨天那樣躲開王叔叔他們啦！

「啪……」

橡皮艇像利箭一樣向小划子射來。

看清楚了！看清楚了！橡皮艇上有王叔叔、張伯伯，還有，大將軍的媽媽也來了！

橡皮艇靠近小划子，停住了。王叔叔舒了一口長氣，才說出第一句話：

「嘿！可找到你們啦！」

「月半！小秋！」大將軍媽媽擦着眼淚，捶着胸口，聲音有點哽，「看！把我急得⋯⋯」

大將軍圓圓的眼睛裏，有兩滴圓圓的眼淚在滾動。不過，它們轉了兩圈以後，並沒有掉下來，仍然回到原來的崗位上去了。

小泥鰍從船艙裏捧出小竹簍，鄭重地交給王叔叔：

「王叔叔，給！」

「甚麼？」王叔叔奇怪地問道，「啥東西？」

「大王蛇！！！」大將軍和小泥鰍一齊回答。

「噢！原來是大王蛇。」王叔叔一下明白過來了。

小泥鰍低着頭，低聲地說：

「我不好，弄逃了一條大王蛇……」

大將軍見夥伴還有點不好意思的樣子，就接下去說：

「現在，照賠一條，一根尾巴也不少！」

「哎呀，你看，你看！」大鬍子王叔叔臉上露出哭笑不得的神色，「賠啥呀？大王蛇雖說少見，也不算太稀奇，我們研究所裏有的是！」

「我們是好孩子，應該賠！」大將軍又響亮地回答。

一直沒張口的張伯伯，這時甕聲甕氣地接話了：

「好！有志氣！不過，也得對大人說一聲呀，更不應該到處亂闖！」

「是啊！」王叔叔接着說，「昨天叫我們好找！暴風雨之後，漁村裏又出了好多船，到處找……」

聽到這兒，大將軍和小泥鰍剛才的高興勁一下子全跑掉了。唉！想不到這一來，給大人們找來了這麼多麻煩，真是不應該！

「吃吧！吃吧！」大將軍的媽媽就是這樣，從來捨不得怪孩子，這會兒拿出饅頭往孩子手裏塞，一邊還對小泥鰍說，「可把你奶奶也急壞了！她也要下湖來找，我硬把她攔住了。」

大將軍和小泥鰍這一陣真感到肚子餓了，抓過饅頭一聲不吭，大口大口地吃着。那種狼吞虎嚥的樣子，倒把幾個大人給逗笑了。

「汪、汪、汪……」

這時，湖邊突然傳來了一陣狗叫聲。

小泥鰍覺得這聲音太耳熟了，回頭一看，驚喜得睜大了眼睛：

「阿，阿獅！阿獅，阿獅來了！」

這時，只見雪白的捲毛狗阿獅在湖岸上一縱身，跳下了水，向小划子泅來。

小泥鰍顧不得水淋淋的，把阿獅抱上船，一下摟在懷裏，為牠揩水、順毛，比分別了三十年的老朋友見面還要親熱。

「看！牠的脖子上拴着東西！」

大將軍在一旁有了新的發現。

可不是？阿獅的脖子上繫着一根細線，線上拴着一個小小的藥片瓶子。

小泥鰍連忙摘下它，打開蓋一看，只見裏面是一張小紙條。嗯，原來是白鬍子老爺爺寫的一封短信。

短信是這樣寫的：

大將軍和小泥鰍：

把阿獅還給你們。我相信牠會很快找到你們的。

不要怪我說話不算數。看到你們從小有志氣，我比收到甚

麼都滿足了。

不過，今後可不要再隨便亂闖禍啦！

你們的老朋友：白鬍子爺爺

小泥鰍感動地說：

「老爺爺真好。」

大將軍也感動地點了點頭。一會兒，他輕輕對小泥鰍說：

「回去馬上商量一下，怎樣給老爺爺寫回信……」

大將軍還沒把自己的打算說完，就被大鬍子王叔叔打

斷了：

「你們還在搞啥名堂呀！上汽艇來吧，該開船啦！」

大將軍媽媽和他倆交換了位置，把小划子繫在橡皮艇

後面。

這時，太陽從翠屏山後露出了半個臉蛋。陽光像無數道探照燈，把湖水染成了一片金色！

再見啦，翠屏山！

再見啦，善良的白鬍子老爺爺！

橡皮艇載着歡樂，「啪啪」地向青陽漁村駛去。青陽湖上，開出了一行金色的浪花……

後　記

這套注音本裏所收的短篇小説是我最初的創作：

　　那時，兒童文學創作界深受前輩陳伯吹先生兒童文學理論的影響，把兒童情趣的營造當做很高的追求，其實這沒錯也非淺薄，兒童情趣也是兒童文學區別於其他文學門類的重要特徵。事實上，兒童情趣的獲得是極難的，要達到「妙趣橫生」的境界談何容易，就像幽默感這麼高貴的東西不是誰都能擁有的一樣。這些小説中許多調皮的孩子身上都有我童年的影子，雖説那個年代物質匱乏、生活清苦，但我們無比快樂，我們可以盡情地奔跑追逐、嬉戲玩耍，我們和大自然、小動物有親密的接觸，我們能發明層出不窮的玩的花樣……相比現在的孩子沉重的學業、對成績和名校過分的追求，我們的童年是多麼的幸運！其實，「會玩」是值得推崇的，在「玩」的裏面隱含着無盡的想像力和創造力。我相信，一個「會玩」的孩子一定身體健康、心理陽光、充滿情趣，你説對孩子還有甚麼比這更高的期盼！

這套注音本裏還有一批抒情性的小説：

那時「以情見長」、「以情感人」的文學理念非常流行，所以有一段不太長的時間我無論在選材上還是在行筆上，很刻意地去追求純情和唯美，我努力想把自己感受到的一些美好的情愫傳達給孩子。而今，當我再度讀到我那時寫下的文字，有時會為自己當初的稚嫩而啞然失笑，有時卻又為自己感動，感動自己年輕的時候竟有那麼純真美好的情懷。我嘗試着把這些作品讀給我9歲的孫子聽，他竟聽得極為入神，我稍停片刻，他就迫不及待地催問後來呢、後來呢。我把關心姐姐在電台裏誦讀的我的作品片斷播放給他聽，他更是聽得如痴如醉。孩子確實需要美好情感的滋養，這樣，快樂和高雅會陪伴着他的人生。

希望小朋友們能喜歡我的這些作品。

劉健屏
2018年1月

責任編輯　楊紫東　楊禾語

裝幀設計　鄧佩儀

排　版　鄧佩儀

印　務　劉漢舉

兒童成長故事注音本

大將軍和小泥鰍

劉健屏　朱偉傑　著

出版｜中華教育

香港北角英皇道 499 號北角工業大廈 1 樓 B 室

電話：(852) 2137 2338　傳真：(852) 2713 8202

電子郵件：info@chunghwabook.com.hk

網址：http://www.chunghwabook.com.hk

發行｜香港聯合書刊物流有限公司

香港新界荃灣德士古道 220-248 號荃灣工業中心 16 樓

電話：(852) 2150 2100　傳真：(852) 2407 3062

電子郵件：info@suplogistics.com.hk

印刷｜美雅印刷製本有限公司

香港觀塘榮業街 6 號海濱工業大廈 4 字樓 A 室

版次｜2022 年 12 月第 1 版第 1 次印刷

©2022 中華教育

規格｜16 開（210mm x 170mm）

ISBN｜978-988-8809-24-0